名家散文自选集

散文就是闲来人谈心

天南地北

陈世旭／著

民主与建设出版社

文学天地

　　大约再没有比文学更宽的天地：

　　昂扬的在这里呐喊；悲哀的在这里哭泣；强健的在这里奔突；懦弱的在这里躲避；愤怒的在这里咆哮；悒郁的在这里沉思；受伤的在这里呻吟；觉悟的在这里忏悔；清醒的在这里微笑；做梦的在这里呓语；活得潇洒的在这里吟风弄月；日子艰难的在这里长吁短叹；襟怀博大的在这里瞩望人类前途；心胸狭隘的在这里抱怨命乖运蹇；道德家在这里布道说教；浪荡鬼在这里打情骂俏；文雅的在这里浅斟低唱；粗野的在这里唾沫四溅；涉世未深的在这里欢蹦乱跳；看破红尘的在这里故弄玄虚；帝王在这里唱大风；乞丐在这里敲破碗；春风得意的在这里走马观花；怀才不遇的在这里牢骚断肠……人的灵魂能飘移到多么远，文学的天地就有多么远。

　　大约再没有比文学更窄的天地：

　　这里容不下太多的势利和太多的虚伪；这里能让投机钻营者找到的缝隙极有限，给官迷和财迷提供的机会少得可怜。即便，它确曾因为权力而扭曲，也确曾打扮得像个娼妓，也确曾成为许多人的晋升之阶,也确曾使许多人的钱袋殷实,但这并不是文学的容忍,而是文学的被践踏。文学很坚硬。文学很软弱。

大约再没有比文学更辉煌的天地:

登山则情满于山,观海则意溢于海。把酒临风,宠辱皆忘。浩浩乎如冯虚御风,飘飘乎如遗世独立。以一苇之所如,凌万顷之茫然。路漫漫其修远兮,吾将上下而求索。用心去呼唤心,用生命去点燃生命。你把自己献给世界,你同时就拥有了世界。于是你的思想和你的艺术不胫而走;于是你得到无数人的倾慕和崇拜;你的名字被写进堂皇的史册;你的形象被铸成崇高的铜像。还有什么比这一切更能证明人的价值的实现!还有什么比这一切更值得向往的人生!

大约再没有比文学更黯淡的天地:

伴你的常是青灯黄卷,阒阒长夜;你总难得食之甘味,睡之深沉,衣着入时;尽管你衣带渐宽终不悔,为伊消得人憔悴,但你不太可能一而再、再而三地侥幸成功,也不太可能在末日到来之前一劳永逸;耕作倾尽血汗,收获却殊难预料。也许你追求了一生,到头才发现误入了歧途。多的永远是骚动和痛苦,安宁和欢乐则太少太短暂。更何况,你比人多一份明白,也就多了一份忧患;多一份超越,也就多了一份寂寞。

文学也大约不是强者的事业:

文王拘而演《周易》;仲尼厄而作《春秋》;屈原放逐,

乃赋《离骚》；左丘失明，厥有《国语》；孙子膑脚，兵法修列；不韦迁蜀，世传《吕览》；韩非囚秦，《说难》《孤愤》……这些人倘若小日子都过得滋润，恐怕都不见得会"思垂空文以自见"的。李煜、李璟曾是一代君主，但他们之留下千古绝唱，却是在做了亡国奴之后。同是皇帝，一生声威煊赫的盛世天子乾隆尽管诗作成千累万，诗集也装潢得极尽精美，却没有一首诗能让人读后留下多么深的印象。李白放逐夜郎，杜甫客死病中，苏东坡研究过太阳充饥法，曹雪芹卖风筝糊口，日子或下场都不怎么样，总之是在命运面前没有一点支配能力。除了文章和名声或能流传，别的什么都保不了险。所以有"文章憎命达"的感慨，有"文穷而后工"的自慰。因为文人中颇多倒霉蛋。

文学也大约不是弱者的事业：

巴尔扎克宣称：拿破仑用剑改变世界，我用笔！文天祥高歌：人生自古谁无死，留取丹心照汗青！金圣叹把儿子叫到跟前，俯耳密授机宜：花生米与酱干同嚼，有牛肉之味。这是他临被腰斩之前。很显然，有着这样的幽默的人，断难说是弱者。

文学也大约不是智者的事业：

寒窗苦读，灯下生涯，使人莫辨晨昏昼夜，不分东西南北，无意春夏秋冬；或有空闲，就埋了头爬格子，柴米油盐价值几何，吃喝拉撒其所何在，或一概不知，或晕头转向，以至使妻儿怨怼，老小侧目；路上独行也罢，扎人堆中也罢，偶一转瞬就入了痴迷，呆呆然如一截树桩，除去心造幻影，余者一概视而不见，听而不闻，为此开罪几多远亲近戚、同事同窗；围棋桥牌神侃海聊自然一筹莫展，快三慢四探戈伦巴更是寸步难移；搞公关不知何时宜笑何时宜哭，走门子不知何时抬头何时低头……诸如此类，不一而足，在证明着自己的生活智能低下如弱智儿童。倘仅止于此，姑妄任之。偏是这种迂夫子，文人做得不怎么样，文人的臭脾气却像那么回事。狷介狂傲，自命清高，真正信了孔老二的"狂者进取，狷者有所不为也"，故而来官不接，去官不送，更不懂上门拜访，迂回靠拢，及时附和，礼让三分。似此不擅逢迎阿谀、溜须拍马，也就罢了，却往往无视上下尊卑高低贵贱，使有权者觉得似乎无权，欲威者觉得无以显威，实在是是可忍，孰不可忍，从而收起先前的宠幸抬举之念。不识礼数者则从此断送了大好前程。真是得不偿失，使旁人深为叹息扼腕。

文学也大约不是愚者的事业：

多少伟大的文学家，把他们所处时代的人类智慧发挥到了极限。也有另一类聪明人：龙门跳得，狗窦钻得，"革命"走红时，调子唱得最高；"大腿"看好时，裤子穿得最少；作家吃香时，架子搭得最足；公司时髦时，名片印得最快。总之是左右逢源，进退裕如。或削尖脑壳，攀龙附凤，翻斤斗，贴烧饼，拉大旗作虎皮；或搜寻隐私秘闻，编造庸俗故事，以迎合低级趣味；或低三下四，坑蒙哄骗，为借拉赞助之名行中饱私囊之实而洋相百出；或上蹿下跳，争名夺利，奴颜婢膝，舔痔拍马，同行相妒，搬弄是非，翻云覆雨，落井下石……往往倍受青睐，风光占尽。

鲜花与荆棘丛生；高岸与深谷相连；雄狮与蛆虫并存；江河与泥沙俱下；是天堂，也是地狱；是圣殿，也是秽所；最仁慈，也最残酷；极神秘，也极鄙俗。

尼采认为应该把人生当作一个审美过程。写作之为人生，亦是一种审美：阳光雨露、春华秋实是景观，冰雪风霜、炎夏严冬也是景观；才华横溢、少年得志是景观，艰难困苦、玉汝于成也是景观；豪门大宅、高官厚禄是景观，泥墙茅盖、粗茶淡饭也是景观；意气风发、前呼后拥是景观，闲居索处、吟风弄月也是景观；高朋满座、觥筹交错是景观，青灯一盏、黄卷一抱也是景观；指点江山、臧否人物是景观，独善其身、修洁自好也是景观；辉且煌矣、有名有利是景观，平而淡也、无愧无悔也是景观。各种各样的文学见出各种各样的人生，各种各样的人生造就了各种各样的文学。我的所求是：无事静坐，有福读书；偶得所感，作文遣兴；旧雨新知，淡酒薄茶；到水穷处，看云起时；鲲鹏扶摇，恭贺新禧；蓬间雀戏，不亦乐乎！

文学使人在苦难中获得慰藉，在逆境中获得信念，在歧视中获得骄傲，在失意中获得希望，在困窘中获得超脱，在喧嚣中获得独立，在精神上始终保持内在的优越。

很庆幸把这一生交给了文学；很庆幸时代和社会给了我实现这种选择的可能；很庆幸可以与文学同欢乐共忧患，无论是在它轰动的日子还是在它被边缘化的日子。我喜欢文学，喜欢的是它本身，未必是它可能带来的别的什么，因为它本身已经足以使我快乐。我的生活由此而单纯、充实、从容、自在，心旷神怡，宠辱皆忘。文学丰富了我的人生和生命，使我的身心都获得相对充盈的空间。

噫！微文学，吾谁与归？

天南地北

目录

第三辑

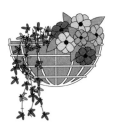

第一辑

贾大山：常山高士

在我有限的见识中，听说的第一个常山人是三国赵子龙，认识的第一个常山人是当代贾大山。一个是古人，一个是今人；一个是武人，一个是文人。

1980年3月，《人民文学》编辑部把河北贾大山、天津冯骥才、河南张有德和我召集到北京，安排在一个军队招待所写小说。这样，我有幸认识了几位大作家：贾、张二位都是首届全国优秀短篇小说奖的获得者，冯则已有了《神灯》《义和拳》等长篇力作。

近一个月的时间里，我们同处一室。四个人中，我和张有德几近哑巴。大冯和大山则整天口吐莲花，妙语连珠。二者各自反映出不同的文化背景：大冯是津门都市的机灵，大山则是滹沱河土生土长的智慧。一个"狗不理"，一个香饽饽。之前近20年的乡镇生涯让我更倾心大山的纯粹和质朴。他一板一眼、一招一式都那么专业地唱周信芳的《徐策跑城》，从容不迫、掷地有声地讲《杜十娘怒沉百宝箱》，让我瞠目结舌。那是我深受其益并且深为留恋的一个月。一个月后，大山写的小说被留下来采用，我连一个字也没写出来。我很羞愧。

但很快我又有同大山见面的机会。中国作协恢复了文学讲习班（现称"鲁迅文学院"），我同大山成了同学。

那一期文讲所，以知名度和个人魅力为中心形成了几个圈子。大山是其中一个圈子的中心，许多人都服他，服他的才思敏捷，大智若愚。他言语行动慢条斯理，永远是一副不动声色的架势。但几乎一言既出，即成经典，不胫而走，脍炙人口。"御批"体的"文学讲习所不习文，只习武（舞）……岂非咄咄怪事"云云，直令满案喷饭。让许多人快活，当然也让一些人不太快活，你却没法恨他。

有一次班会，谈各自的创作。大山悠然说，他最近研究现代派小说颇有心得，也试写了一篇，读给大家听听，请求指教。小说开篇是水利工地学大寨动员大会的场面：草帽句号草帽句号草帽句号藤编的草帽句号竹编的草帽句号布的草帽句号麦秆儿编的草帽句号白色的草帽句号黄色的草帽句号新的草帽句号半新半旧的草帽句号破了沿儿落了顶儿的草帽句号写了农业学大寨的字和没写农业学大寨的字的草帽句号……大家起先凝神听着，以为大山在文讲所真的有了长进，得了西方秘传，真想闹点假洋鬼子的把戏了。渐渐地，大家就有了疑惑，终于哄堂大笑起来。他仍一本正经、有滋有味、不断"句号句号"地继续他的"意识流"，直到有人求他，再闹下去，裤带子要崩断了。

因此同为河北名家的陈冲说，如果世界上只有两个聪明人，那蒋介石第二，贾大山第一。大家都认可。

但大山却绝不是狡猾的人。

这期文讲所快要结束的一个下午，没有课，大山把我唤到宿舍后面的核桃园里。我们踩着树叶，踢着尘土在林子里走过来走过去，一直都是他在说话。太阳若有若无地照耀在林子里，我的喉头老是涌动着，什么话也说不出来，只是不时地抬眼看他，又不愿他发现我的眼睛里感激的泪光。我记得最清楚的一句话，是他说学习结束离京，他不会再来北京了。他在家乡长大，家乡足够他写了。以我当时阅历的浅薄，我还不能完全理解他的内心。

文讲所一别就是13年。

13年间，我再也无缘得见大山。中间曾给他去过一封信，就我由先前插队的县调到省城从事专业创作征询他的意见。他回信是极宽厚的，毫无对自己的那份严苛。他觉得以我的情况，还是应该回到省城去，毕竟是从省城下乡的孩子。"听其自然"吧。

"听其自然"后来便成为我生活中的信条之一。这信条极有效地缓解了我在生活中的种种心理紧张。名利欲，得失心，都因了这信条而日渐淡漠，做人也日渐从容自如。

我因此对大山有了更多的感激和特别的怀念。每次车过河北，我的第一个念头就是想象着他可能在说着什么或做着什么。一旦见到河北的同行，便打听他的情况。知道他任了正定县的文化局长，且有很好的政绩和政声，我很为他高兴。他的小说依然写得少，但字字珠玑。在文讲所我就知道，他写小说要打腹稿打到能背下来才开始落笔的，语气节奏都极讲究。他的小说，单看文字，都是一种享受，诵读起来，朗朗上口。那是真正中国化的语言艺术。但这类的小说时下似乎不走俏，大山为此苦恼吗？抑或是满不在乎呢？在时尚多变、流派纷呈的当代文坛，他感到寂寞吗？还有他的人品，如今，这样清峻逸拔自是很不合时宜了，他又将何以处之呢？

终于得到一个当面访他的机会。

8月，在山西开会，遇到河北作家张峻。问起贾大山，回答说肯定在正定。很多年来，大山几乎从未离开正定一步。他是河北省作协常务理事，正定离石家庄坐汽车不过半小时的路程，但大山却连省作协的会也从未开过。以他的影响和职务，拉点赞助应该没有问题，但他坚决不干，至今没有结集出版过一本书。张峻说，他较劲着呢。

我完全信。这正是贾大山。

天下熙熙，皆为利来；天下攘攘，皆为利往。果真没有几个贾大山，岂不是太乏味了么！

归途，我决定从河北石家庄转车，得便一访大山，了却十数年的念想。

感谢河北文联的朋友，当天就同大山联系上了。

大山一早就来了电话，说他在正定那边，把一切都准备好了。我们一行到了正定，见面一一握手时，他竟不认识省作协主持日常工作的常务副主席。我就是再理解，也不由不吃惊。

除了略显富态，大山一切如旧。分别13年，一见面他毫无惊咋，先同别人寒暄，最后才抚了我的肩同行。十数年岁月恍若隔日。

他备了满满一桌子菜来招待我们，自己却绝不沾荤腥。

先前憋了一肚子的话，不知从哪里说起，没头没脑地问：

"你干吗吃斋啊？"

"是生理上的事，吃了荤腥恶心。"

但他对佛的尊崇是毫不掩饰的。

那顿饭以及饭后他领着我们游览正定大佛寺的整个过程，

他大部分时间都在说佛教。他对佛教经典的研读，是很有深度的了，记性又出奇地好，能背诵许多经文。凡有大人物来正定参观大佛寺，县里只有请他出面讲解。他的那份头头是道，那份出神入化，令听者入迷。

但我心里却有一种莫名的忧虑。倘佛门多了一位高人，文坛失却一位作家，那代价是不是太沉重一些了呢！

我的忧虑是多余的。

在大佛殿的甬道上，刚刚津津有味地讲完一个佛传故事，间歇之后大山忽然说：

"我真觉得自己不该再写小说，因为有人写得太好了。"

他说的"太好了"的小说是《围城》。接着他就大段大段地背诵《围城》，一面用手指往下有力地戳着，眼睛里满是欣赏和神往：

"看了人家的书，觉得自己真没有资格写书。"

我怔怔地看着他。大山还是大山。大山还是作家。文学之心，文学之望未灭。

接下来他说起同一帮文友聚会时怎样地语惊四座：有一段时间他罢了笔，因为知道新潮蜂起，自己的小说没人看了。但最近又写开了，因为又听说，现在新潮小说、旧潮小说都没有人看了。众皆哗然。他自己也认定：这是妙语。

但他的小说并不像他说的"没人看"。他新近发表的几篇小说，我在石家庄时就听人们议论了：写得极是精致。小说发出来，常常接到许多电话，有老百姓的，也有地方官员的，都是称道的话。每每写作，他心里是一定先有了这些读者的音容笑貌。他生活在他们中间，为他们写作，他们也都懂得他，钟爱着他。他便更不愿令他们失望。他写得多，发表得极少。写了都积在案上，有极知己的编辑朋友去，他才极吝啬地示出一二。为此，许多刊物疏远了他，寄赠了多年的刊物一一停了。他不在乎，也没有怨恨。他改清代杨应琚书楼联为："小径容我静，大地任人忙。"

这"静"是心静，大静，无边无涯，高深莫测，不为尘俗利害炎凉所动，一如庄子的天地有大美而不言。

心静不是心死，大静不是寂灭。幽默更其老到，调侃更其圆熟，针砭更其尖利，这样的人不可能是冷漠的人。恰恰相反，那是因为他太热爱生活，太认真生活的缘故。只是由于他比常人远为优越的智慧，那挚爱和认真的表达也就不同凡响。

不久前，汪曾祺老访正定，对大山的情操风采极是赏识，送了大山一联："神似东方朔，家傍西柏坡。"大山连忙摇手：不敢，不敢！前辈对晚辈只合讲勉励的话如"夹紧尾巴做人"之类。

汪老仰面大笑，说：

"你看你又东方朔了不是！"

（1993年）

王安忆：永远的雨

一

1980年4月的一天，我带着一个未见过世面的外省乡镇人的胆怯和拘谨，走进北京的人民大会堂，来领第二届全国优秀短篇小说奖。的确有一种作梦的感觉。这是我第二次到北京来。第一次是在1967年深冬。我所在的农场两派斗得厉害。我因为是逍遥派，有了中立的色彩，就被派出来外调。路过北京，没有足够的钱住旅舍，就在不供暖的北京车站的水泥地上睡了一晚上，身子下面只垫了一张报纸。早上醒来，脚背像发酵的面团似地冻出了鞋口。那时候，怎么也不会想到十几年后会像现在这样再来北京。

我没有所谓踩着"红地毯"的志满意得，更多的倒是疑惧惶恐。建筑物空旷如苍穹。我尽力保持镇定，找到自己的座位呆呆地坐下。身边有一个人忽然微微倾过身体，轻轻地问我：

"你从江西来？"

我"嗯"了一声，瞥见了桌上她的名字："茹志鹃"。立刻一阵从头到脚的紧张。我是在中学的课本上读到这个名字的，那么神圣！但茹志鹃的样子，却是在任何地方都能见到的一个再普通不过的中年妇女的样子。她马上就谈到她的一个爱好文学的女儿："你们要上文讲所的，是吗？我女儿也去，她叫王安忆。"

因为慌张，我不能确信我当时听清了或是记住了这个名字。

二

见到王安忆，是大约一个月后的事情。

20世纪50年代初期，中国作协为培养写作人才，开办了文学讲习所，据说负责人是丁玲。办了几期，出来了"丁陈反党集团"。丁玲倒了霉，文讲所也完了。"文革"结束，许多人呼吁恢复文讲所，以免文坛青黄不接。这呼吁得到了接受。许多当时的文坛新星由此从四面八方聚到了一起。其中的大多数人在读者中已经有了相当的知名度。也有几个像我这样刚发了一两个短篇的人。其中我想应该有王安忆。她填的个人表格里，发表作品一栏只填了一篇《谁是未来的中队长》，儿童文学。她自己也是做儿童文学编辑的。散步的时候，我偶然听到议论，王安忆是受了照顾的，因为她是茹志鹃的女儿，而且巴金也为她说了话。似乎有一点不入流的意思。这倒使我有了同病相怜的感觉。我当时只是很艰难地发了一个短篇，就这样挤到了一群声名显赫的人中间，心虚得很，像是混进来的。分了组，又分座位的时候，我走到王安忆早已端坐的那张桌子边，在她旁边的空位上坐下来。她选的那个位置很靠前（第二排），显见是要好好学习，天天向上的。我选择跟她同位，则主要是因为那可以使我多一些自信。

我向来刻板，又大约有些洁癖，走到什么地方都希望那里整整齐齐，一尘不染。这是我缺少灵气的一个突出证明，却也许给了王安忆一个好的印象。以至淡化了因为生疏和性别差异难免形成的隔膜。这使我们上课的时候很轻松。

尽管已经虚弱得可以，但在骨子里，我却是个有卖弄的劣根性的人。又没有什么可以卖弄，便弄些老掉牙的古诗词去扰乱王安忆的听课。因为懒，我自己是从不做日记、笔记的。而王安忆的笔记却记得很仔细，使我想起略萨的小说里的一句话：恨不得把教师的喷嚏也记下来。这更使我觉得自己有资格做她的教师。我常在老师讲课的时候告诉她这一段那一段"值得记"，目的只在否定她什么都记的认真，同时表现自己的高她一筹。但诗词我却背她不过。她晓得的比我多得多，且都滚瓜烂熟。我却是捉襟见肘的。便改了教她写字。我觉得她写的字不如我，这是可以肯定的。

王安忆很快就让我知道，字写得怎样，跟一个作家是否成功，完全没有关系。

开学不久，省里开文代会，我回了一趟家。在单位的资料室，我读到王安忆的《雨，沙沙沙》。读完之后，我实实在在地呆了（事隔了将近廿年，今天回忆起来，仍像是昨天读过：一个女孩，在下雨的深夜，错过了末班车，正踟蹰着，有一把雨伞无声地移来，然后在橙色的路灯光茫照耀的雨中被护送回家，然后那个人和那把伞又无声地走了。那么悠长的温暖和惆怅）。我这才发现，我在对王安忆的认识上，犯了一个怎样的错误。王安忆早已达到和将要达到的高度，是我永远不可企及的。我的浅薄和轻率，使我显得怎样地可笑（好几年之后，我在江西的一个边远小城的书摊上，读到王安忆在写我的文章中有关文讲所种种的文字，脸也不由得腾地烧得厉害。仿佛是一桩私下的丑行被公开检举出来。在王安忆，自然是满怀善意的。而在我，却是羞愧有加、无地自容）。

　　回文讲所，一见到王安忆，我就说了读《雨，沙沙沙》的心得。说完头两句，我马上就意识到我的口气仍没有改过来——我的话听起像是居高临下的赏识。赶紧又明白无误地说：这样的小说我写不出来。这样说话有些唐突，不自然。但王安忆则平淡地笑笑。

　　王安忆的性格中最可贵的就是不做作——这本来是许多女性、尤其是成功女性竭力想摆脱却怎么也摆脱不掉的天性。她已经洞察了我的窘迫，相信我说的是实话。但是我现有的认识对她而言是远不充分的。《雨，沙沙沙》仅仅是显露了她的才华的一点点端倪，那只是冰山一角而已。

　　这件事给了我极其深刻的教训。从此我真正明白什么叫做人之患在好为人师。真正明白一个人任何时候都不可以自以为是，不可以成为一个怎样了不得的人物，却也至少不要成为一个小丑。

　　但同时我忽然觉得孤单，有了恐慌。很长一段时间，我什么也写不出。我开始考虑该不该在这地方混下去。王安忆后来打趣我吃瓜子把灵感吃没了。而其实我却是因为没有灵感才穷极无聊地去嚼那些谁也不要嚼的东西的。

　　王安忆开始为我担心。她在文讲所资料室看了我新发的一两个短篇，对我说，你还是该写《小镇上的将军》那样的；哪张报上登了一则关于我的评论，都是好话，她问我：你觉得好吗？

她是认真的。我一点值得得意的地方都没有。

所幸的是我的惰性。每遇困厄，我总能找到躲避的地方。妻子寄了刚满周岁的儿子的照片来。我想，这应该是我无可争议的一个成功。就向最接近的几个朋友展示。此后好几天的散步，我都沉浸在关于儿子的话题里。儿子出生的时候，外公给他起了个单名"炀"，就是火很旺。外公是读书人，起名字总归有讲究的，我没有异议。而且"炀"是隋炀帝的"炀"，此人是风流天子，我也希望儿子能有快乐的一生。而我母亲却不放心，悄悄地去找了算命先生。然后又赶紧写了信到我住的小镇来，说儿子命中缺水，火旺了更不得了了。我父亲又接着来信，说他想了个名，叫"洛川"，就是洛水，暗喻了鲤鱼跳龙门在里面。同时也就把火旺改成了水旺。且陈氏的祖脉也在河南。但我嫌那传说太俗气，便留了"川"字。"川"者，三水并行，还不大么。就定了。

王安忆却断然说：川字不好。一个人把眉头皱起来，就成了"川"，那是苦相。

我当晚就给妻子去信，让她赶紧去派出所把"川"字改掉。（十九年后儿子要上大学了，我首先想到的是给王安忆去个电话，问她在上海的大学有没有熟人，招生的时候不要忽略了我的儿子。王安忆真的去找了人，又来电话，很急切。儿子后来却考进了别的城市，辜负王安忆白忙了一场）。因为家事，我们想起王安忆还没有结婚。就有朋友建议她到文讲所举行婚礼。届时有如许著名作家参加，蔚为大观，堪称盛典。

当时我们几个人是站在北京前三门的大街上，大都市华灯初放，车流如涌。我在心里是反对这个建议的。我觉得，结婚就是两个人的事，跟有没有人，有什么人到场一点没有关系。实不必沾什么贵人、大典之类的光。我自己就是在小镇说到省城的家里去办事、到了省城又说在小镇办了事、两头蒙过完事的。当然，我同我的妻子是微不足道的小人物。但小人物也总有小人物的自足。我静静地看着王安忆，想象着她可能的反应。

王安忆说："不会的，我要回去结婚，还要去他的老家。"

色彩斑斓的灯光在王安忆脸上闪烁，照出她一脸的严肃。我很想叫一声好。我想，只要这样一句话，一个女人就足可以说是世界上最优秀的女人。

三

文讲所不到半年的日子很快就到头了。散的时候似乎有些兵荒马乱。我同屋的北京作家瞿小伟每天领着我抓紧时间逛皇城。在北京住了将近半年，我连故宫还没有去过。王安忆什么时候走的，怎样走的，我一点不知道。这使我事后很难过。看看鸟兽散后已显空荡的屋子，心里起了一种类似悲伤的惆怅。此后，我要回到没有可以信赖、可以求教的挚友的寂寞中去了。这寂寞由于一度的短暂的不寂寞而更显难于忍受。

从文讲所出来，许多人如日中天。一部一部的作品让文坛一阵一阵激动不已。王安忆更是用一次又一次轰然的爆炸，让人们一次又一次地目瞪口呆。一些人先前对她的疑虑，转成嫉妒，终至于不服气不行。那正是文学如火如荼的年头。我也正好鱼龙混杂，泥沙俱下地卷在这潮流里，跟着得了便宜。回到小镇不久，就被错爱调到省城，交待我的是"专写小说"。

对我来说，这是一段灾难性的日子。

一个"专写小说"的人，一年半载写不出一篇像样的东西，写出了的，也是屡遭退稿。所有对我怀了莫大期望的人，都已莫大地失望。一些自己不写小说，专门以指点别人写小说谋生的人以这"现象"作为谈资赚稿费。指示我应该深入火热的基层。仿佛几个月前还在乡镇粮店打米吃的我已经做了一百年贵族。我自然是极度地沮丧。我拒绝了一切关于谈创作之类的采访、稿约和座谈会邀请，拒绝了一切可以拒绝的文学活动，包括文人雅集的笔会，以免难乎为情。社会对我的角色定位发生了错误，而我自己则是误入歧途。

在这些日子里，给予我最大安慰的，是王安忆的来信。她一再给我出主意，劝我出去走一走，最好是去青藏，最好是孤旅，最好是……。她对我充满了信心，似乎我有一大堆封闭着的才气，只要触动一个什么地方，那才气就会像液化气一样冒出来。

后来在什么地方读到陈村的文章，说王安忆写信是极吝啬的。我这才知道这些信是怎样地珍贵。

那一年，我总算在《人民文学》发了一个短篇（《惊涛》），王安忆仿佛捕获了我的一线生机，便在关于我的印象记里写足我的绝望之后，以此作为我临难生还的一种证明。但那其实是一部并不怎样的作品。王安忆用意当然只在让我有所鼓舞。五次作代会，我去向王安忆讨教。我们坐在空荡荡的楼座。下面的大厅，国家官员在讲国际国内形势。我向王安忆说，事情怕是真得回到最初的出发点，就是：怎样写小说？王安忆说，你该写你自己的事情。我讲了我在农场插队的经历。

她说，那你为什么不如实地把它写出来？这是她的切实经验。我后来看到她关于小说的格言："我的人生参加进我的小说，我的小说又参加进我的人生。"

那时的王安忆正在写《小鲍庄》。开大会时常常中途退场，一面喃喃说："没有办法，稿子得改动一下。"她横跨太平洋转了一大圈回来，人生观和艺术观都有了极大的拓展："要使我的人生、我的生活、我的工作、我的悲欢哀乐、我的我，更博大，更博大，更博大。"

我却只有循序渐进。京西宾馆那次谈话的结果，使我写出了长篇小说《梦洲》。但小说出版后，却如泥牛入海，全无消息。王安忆还是写了信来，说，前面部分写得还是蛮自然的。

那时候，已经开始议论纷纷要砸作家的饭碗，"断奶""不养了"，云云。写作的窘迫之外，又多了生存的忧虑。因为别无长技，我开始作上街替人擦鞋的打算。王安忆却比我镇静得多，来信说：有什么可担心的，不会饿死你一个。

我就这样勉勉强强、跌跌撞撞、半死不活、灰不溜秋地在日显暗淡的文字生涯中捱到今天。没有包括王安忆真诚的友情在内的种种拉扯，我想，我早就落荒而去了。

我为此对王安忆怀了深深的感激。但我从来没有对她流露过，我觉得很难有适当的方式。我给她写信，即便是推崇，也还总是用老前辈式的、有时甚至是教导的语气。

那一年，省里一家对国外发行的画报社委托我开一个文化栏目。我马上觉得这是一个机会，就建议开一个《作家书斋》，第一期就让上海的王安忆来壮声势。获得同意后，我构思了很久，最后觉得，对于王安忆，别人说什么都是多余的，不如让她自己站到版面上来。就摘编了她的语录，开列了她的书目和简历，选登了她的十几帧照片。其中有一张是她在很专注地踩缝纫机。最好的是她丈夫李章为她拍的一张大逆光，《阳台上》。我请编辑把这一张做了题头。

但画报社的主编还是要求栏目主持人一定要有几句话。画报是人家的，却之不恭，我只有挖空心思拼凑了下面一段话：一位绝对朴素绝对真诚的普通女性；一位特别灵性特别智慧的杰出女性；一位从不趋时从不媚俗的淡泊女性；一位独步文坛掀起一次又一次文学高潮因而令海内外瞩目的女性。

这段话，尽管包含了我对王安忆的全部认识，但一旦用文字表述出来，却怎么看怎么别扭，透着俗气，不伦不类，像广告词。问题是，却又苦于没有别的招。

而最让我难受的是，这一期画报出来，在栏目主持人我的照片上，编辑加了一个头衔：中国著名作家。我当时只差没有气晕过去。在编辑，也许是好心，觉得王安忆这样一位作家，必得由一位"中国的""著名的"作家来捧场。在我却如同吃了一只苍蝇一样恶心，完全毁灭了我应约主持这期栏目的那份虔诚。把一种恰恰因为长期的苦闷而怀有的虔诚变成了一种狐假虎威的小人伎俩。这与其说是一种无意造成的幽默，莫如说是有些恶作剧的嘲讽。

这一期画报出来，我犹豫了好久给不给王安忆。想想石头抛上天终要落地的，还是硬了头皮寄去，随着写了一封有气无力的信，做了一点自己都以为很没有意思的说明。

我的尴尬不安，纯属庸人自扰。那之后不久，我因事路过上海，给王安忆去了电话，她很欣然地说，到家里来吧，正好还有朋友，我给你们做饭。

四

文讲所之后，除了两次全国性的文学会议，还有两三次在上海的匆匆路过，十几年来，我和王安忆再没有别的见面机会。我对她的了解，除了信，主要是通过她的小说和其他著述。对她创作的恭维多如潮水，但我从来也不能完整地读完一篇——其中有许多让我越读越不懂王安忆。我对她的理解，完全基于我自己的认识。

王安忆是个纯粹精神性的人。生活在这个物欲横流的世界，她仿佛完全置身事外。有一次见面她跟我说，沪上的一家时装店想用她的名字做店名，为此每年付给她一万元，她觉得有些滑稽，婉谢了。我有些为她惋惜，也为这世界遗憾。

王安忆在《神圣祭坛》中写道："也许是软弱不堪重负，期望支持，使世界上有部分人去写小说，他们找到了艺术的依傍，而写小说的命运却要求他们有另一种勇敢与献身，好将他们的心灵牺牲，那便是'祭坛'的由来。我只可献给我的神圣祭坛。"在《重建象牙塔》里，她再次强调："当我们在地上行走的时候，能够接引我们，在黑夜来临时照耀我们的，只有精神的光芒。精神这东西有时候大约就像是宇宙中一个发亮的星体，光芒是穿越了凉冷的内核、火热的岩浆、坚硬的地壳，喷薄而出。现在我好像又回到了我最初的时期，那是人生的古典主义时期。那是可以超脱真实可感的存在，去热情追求精神的无感无形光芒的时期，我心潮澎湃。我有种回了家的亲切的心情，我想我其实是又找寻回来了我的初衷，这初衷是一个精神的果实，那就是文学。"

当我读着这些语感接近汉译《圣经》，深沉灼热却又怀了义无返顾的严峻的宣言，我感到震悚，同时不免苍凉。

王安忆将自己作为牺牲，完全地奉献给了文学。而在她写出的全部文字里，我读出的却只有两个字：体贴。她安静（不是冷静）地、敏锐（不是尖锐）地、细致（不是细腻）地、精确（不是精致）地、真实（不是忠实）地摹写了一幕又一幕人生场景，一个又一个生命历程，从中透露出她对于在多变而又呆滞、浮泛而又凝重、喧嚣而又沉闷的生存情境中顽强忙碌或听天由命的各色人等的深刻的精神苦痛的莫大悲悯；其中更多的是对于庸常的、弱小的、卑微的、孤立无援的、被人忽视甚或受人歧视的人们的生命以及精神欲求的深切关怀。她聚精会神、心不旁骛地做着这些，仿佛履行着神赋予的使命。她说："任何虚伪与掩饰都是深重的罪恶。它必要你真实。"面对着这样的真实，除了随之陷入对人类命运的深长的沉思，你还能怎样？在她的笔下，即便是七天七夜的性交，对于一个阅读心态正常的人，引起的也不会是敏感器官的激动。

王安忆的精神上的高远和艺术上的深刻，造就了当代文学的瑰丽景观，成就了她人生某一层面的成功，却使她失去了多少世俗的快乐。那快乐或许很表面却也是很实在的。极端的精神化使她像一个概念一样变得抽象了。也许王安忆自己并不这样认为，但我却以为王安忆对于她所说的"神圣祭坛"的完全奉献，是文学残酷性的一种。

当我蛰居一个除了天灾人祸便难得被人记起的外省的角落，时常一整天一整天孤寂地枯坐，拿回忆往事，回忆往日的朋友打发日子的时候，我耳边时常会响起那片在橙色的灯光照耀下的迷蒙的、沙沙沙的雨声。我的这种感慨当然是不必要的——有时候我甚至觉得，宁愿王安忆依然是那个在雨夜被人送回家的女孩。

但她却成了庇护别人的伞。

很长时间，我们的音问荒疏了。王安忆带着她的作品走遍中国，走到海外，走到世界的许多地方。她的世界像星空一样那么广大，那么广大，有越来越多的人，要人、名人注视她、包围她、追随她。我和当初同她一道走上文坛的许多平庸的朋友如今只能像仰望星空一样来读她的小说和著述，从中感受她的思想、她的存在。认识她当然是我的一种骄傲。但她毕竟那么遥远了。

却意外地接到何镇邦的电话，他正为一家刊物主持一个关于作家话题的栏目，说王安忆点名让我写关于她的文字。我很感动。岁月削弱了、磨灭了、淹没了、废弃了许多东西，却没有改变王安忆的真诚，对人的关怀的真诚。

王安忆自己就是一部书，从中我也只读出两个字：体贴。

面前又亮起那一片橙色的灯光，灯光照耀下的那一片迷蒙而又明亮的雾一样的雨，雨中那一把伞，伞下面那一个人，人的那一颗温暖、智慧因而优美的心。

永远的雨。永远的沙沙沙的雨。

（2000年）

潘向黎：现代与古典之间

大约是四年前，中国作协的朋友照顾我参加一个去云南的采风团，里边有几位名气很大的作家，却也有一个我从未听过的潘向黎，据说是《文汇报》记者。我以为是随团采访的，跟我一样是这个名家圈子的局外人。私下也就有些心安：总算有个跟我一样滥竽充数的。

没有想到，同当地的文学青年开座谈会，"潘向黎"的点击率是最高的。文青们踊跃地向她请教，问她这一篇那一篇小说是怎样写出来的，问她的优雅是怎么修养出来的，问她平时看什么书，一天的什么时间写小说……没完没了。再问下去，我想就该是在哪儿做的美容，用什么化妆品了。

比较起来，一向使我仰之弥高的名家们倒是有些落寞。往日的辉煌已是明日黄花，先前每讲必起轰动的怎样受苦受难，怎样重踏红地毯，以及夹在讲演中间的幽默调侃，得到的反应只是必要的礼貌。

一边看着，我不由感叹，真正是一个时代过去了。落花流水春去也，岁月的淘洗何其无情！我也这才知道，自己跟今天的文坛有多么隔膜，差一点闹出笑话。因就有了对潘向黎小说的好奇。

回来，便时常留意报刊上的潘向黎小说，发现她连年在各类文学排行榜榜上有名。又先后读到潘向黎的三本书：《十年杯》《轻触微温》和《我爱小丸子》，都是中、短篇小说的结集。这年头，不能不讲求经济效益的出版社愿为之出中、短篇集的作家屈指可数，潘向黎是其中之一。可见她有读者缘，不愁市场。

说文如其人，用在潘向黎身上最贴切。看她的小说跟看她本人，感觉几乎没有差别。她在云南留给我的印象，一是时尚，一是素养。那时候，我还没有碰过电脑，她却已是网络上的老江湖。这次来云南，临行前，她在聊天室告别："我去云南了"，立刻有人回应："天哪，连云南你也给我争"。说完这桩公案，她竟自哈哈大笑，有点没心没肺的样子；平时活动中间，一旦遇到难为人的场合，唐诗宋词，她张口就来，常能让像我这样的冒牌"文人"免受尴尬。我后来知道，这类古董，多长的她背起来也是滚瓜烂熟。

又现代，又古典，在现代与古典之间找到一个结合部，这结合不是矫揉造作的生硬焊接，而是水乳交融的自然贯通。这就是潘向黎的小说。这样的小说既在阅读的层面上吻合了当下的审美，又在价值的取向上沟通了传统。然而这并不是一种策略，而似乎是一种与生俱来的气质：现代的方式，古典的底气；现代的场景，古典的情怀；现代的轻松，古典的执拗，几乎渗透了潘向黎小说的方方面面。

潘向黎小说的故事大都发生在中国或外国的都市；主人公多是跟她本人年龄相仿的女性白领、记者、洋插队和海归；主题则更集中：这个时尚人群情感的纠纠葛葛。

所有这些，都是我极为生疏的领域。对于我这样一个处在经济贫弱的农业省份，又远远地蜗居在社会生活边缘的读者，读潘向黎的小说，就像一个深山里的农民头一回走进上海南京路。现代生活的五光十色，琳琅满目，喧嚣骚动，汹涌澎湃，直让我眼花缭乱，目瞪口呆。

但是当我随着作家敏锐精确的指点登堂入室，然后驻足沉思，静观默察，渐渐就会发现一些可以理解的东西：繁华与苍凉；热闹与寂寞；开心与隐痛；满足与创伤。

"小妖想，自己走后，还会有多少人踏进这幢大楼，又有多少人离开它呢？

离开的人，他们的心里是哭是笑，没有人知道。就是这幢大楼里的人，他们的明天又有谁知道？就像一棵大树，看上去一直都郁郁葱葱，其实它不停地在落下许多叶子，同时也悄悄生长出新芽来，没有一片叶子会和另一片完全相同，但是除了叶子自己，没有人明白。而日子也就一季一季、一年一年地过去了。"（《小妖》）

这幢大楼其实就是潘向黎建造的这一整个都市世界。她让自己那些职业体面、收入可观，因而保养精致、穿着时髦、举止高雅的男男女女在这金碧辉煌里进进出出，他们有说有笑，有声有色，开派对，泡吧，法国大菜，日韩料理，名酒名茶名咖啡，高档时装和化妆品，说话夹着英文或日文单词，一切近乎无可挑剔，别人只有艳羡的份。却不料一片香雾云鬓、清辉玉臂的摇动下面也有那样悱恻难言的诉求。所有这些人，他们的命运也许像树叶一样各各不同，但那诉求，却一无例外，那便是千百年来不知演绎了多少悲剧喜剧却仍是亘古不易的对情感和精神完美的渴望。

并非奢望，有时候只是一起静静地面对一片月色、一湾湖水、一袭花香（《缅桂花》）；

那样决绝，一场雪就足以颠覆一切（《无雪之冬》）；

甚至荒唐，明明知道抓住的只是一个虚幻（《小妖》）。

往往求之而不可得，便有了淡淡的感伤和哀愁，有了川端康成式凄清的美丽（《我爱小丸子》）。

那诉求也是作者的诉求。潘向黎小说的语言跟她说话一样活蹦乱跳，语速极快，表情达意一步到位。她就用貌似一个说出皇帝新衣的儿童的天真却其实成熟的练达，这种像她的笑一样似乎没心没肺又满是书卷气息的叙述，在让人目乱神迷的现代生活中，指出那些光洁娇好的面容底下的沧桑，那些浑然不觉的心灵上面的皱纹，那些生气勃勃的姿态内在的脆弱，那些气度不凡的忙碌后面的丢失，那些亲切熟悉的交际之间的冷漠，从而希图为迷惘的人性找一条还乡的道路。

单单这份用心就够使人感动。

我以为，正是那几近偏执的浪漫主义诉求——这诉求同时使她的小说唯美——使潘向黎小说同蛋白质小说和美女小说区别了开来，获得了令人尊重的也必然长久的会被广泛认同和接受的意义。

所有这些，是我读潘向黎小说的最大收获。

（2004年）

鲁若迪基·玛达米

　　我去泸沽湖寻访摩梭人，在湖边遇见鲁若迪基。

　　鲁若迪基是山民。"在我生长的地方/开门见山/山里有猎人谛听/渐渐远去的踪迹/有背系羊皮的女人/背着花篮穿过密林"。

　　于是他深情。"我是小凉山/是把女人从传说从苦海荡来的/猪槽船/为寻梦而至的蓝眼睛黑眼睛们/一个如意的归宿"，"是不肯回头的目光流水/是鹰划过长空的一声嘶鸣/也是爱得深恨得深的男人/无法忍住的/眼泪"。

　　于是他浪漫。"踽踽而行/与夜为伍/只因你是唯一让我心跳的女人/你是我全部的痛苦和欢乐/我无法堂堂正正走出你的家门/只有越墙而逃"。

　　于是他豪迈。"习惯于崎岖/走出并不崎岖的感觉/属于梦的年龄/一切算不了什么/山道，不过是我手里一根鞭子"。

　　鲁若迪基是诗人。"以树的名义/生长在滇西北高原/相信这片土地/能收获语言"，他"不想重复/被别人重复过的主题/独自默默地撑起/一个梦想"。

于是他朴实。"那些水稻很实际/那些水稻就在田野里/金黄金黄地/代表秋天发言"，"母亲站在十月的晒场/高高地扬起手臂/秋天就这样生动起来"；

于是他忧伤。"经幡阴影下/你佝偻的背/让我不忍卒读/那是梵文上的一个字么"；"山里有很多小溪少女/她们没有见过海/却常常做着/海的梦/她们呆呆地坐在床上/听风吹打着古老的门窗/这时候，海便咸涩地挂在/她们的眼角"；

于是他多产。"与山有关的诗/堆积如山/常有警句从坡上滚下来/沉甸甸如石头"。

鲁若迪基是官员，担任着一个县局的领导工作。"我曾属于原始的苍茫/属于艰难的岁月/如今，我站在脚手架/把祖先的梦想/一一砌进现实"。

于是他清醒。"喝苏里玛酒的父亲读我/目光常追逐起一只翱翔的鹰/背系羊皮的母亲读我/眼里一片绿色的希望"；

于是他痛切。"水引来了/温饱问题自然解决了/可是，那些外出打工的妇女/还是没有回来/听说有几个在春节回了趟家/又把在家的小妹带走了"。

于是他激昂。"不想知道天有多高地有多深/只想以山民后代的名义/吆喝着群山/走向没有回声的平原"。

完整地说，鲁若迪基是流淌着山民血液、肩负着社会职责的诗人。在泸沽湖，他带我们去篝火边跳锅庄，去村寨听走婚的脚步，去摩梭人的祖母房触摸历史，让我们吃坨坨肉，喝包谷酒，然后寄来了他的诗。他的诗清澈像泸沽湖的水，坚硬像小凉山的石头，灼热像长年不灭的火塘。

鲁若迪基是普米族人。他说他是为普米族写诗，这是他的宿命。普米族只有三万人。他写诗，就是普米族写诗。"穿着披毡麻布从刀耕火种/走来/风餐露宿从黎明前的黑暗/走来/看呀/我用手臂掀动狂风巨浪/荡去枯枝败叶无尽的灾难/让十二个民族在新的枝头/吐露心曲"。

鲁若迪基身高一米八，黝黑，细眼，鹰钩鼻。他的诗已经获得全国少数民族文学创作奖。他自己也有足够的信心："只是在静默里学会了/把忧郁的日子/塞进酒壶"的岁月早已过去，"时光的落叶纷纷/如今，我无愧地说/山，可以远远地出嫁了"。

我相信，这个普米汉子担当得起他的使命。衷心地祝福你：

鲁若迪基·玛达米。

（2004年）

邓刚："西区"的骄傲

在一个争名逐利、以权贵自炫的时态中，坚持平民立场是要有点精神准备的。不久前偶尔读报，看到一位对儿子的未来深感忧戚的父亲的博文那样地被一帮精英名流冷嘲热讽，斥之为"伪平民主义"，甚为震惊。好在邓刚不会在乎。他的新作《绝对亢奋》的绝对的平民立场，表现出一种来自平民世界的绝对的自信。

《绝对亢奋》取材平凡生活的卑微人生，着力状写的是一群社会底层人物陈立世们的生存困境、荣辱沉浮，一部他们在底层贫困线上挣扎的孤独史，一部深深扎根于内心的痛苦史。邓刚似乎是执意要和以富人形象塑造为中心的时尚较劲。他笔下的这类人物与时尚作家笔下的人物的根本区别在于：后者艳羡人怎样发达，怎样成功，而前者往往不仅不是世俗的成功者，甚至差不多是失败者。他们经常被置身于一种极具悲剧性的情节之中，浮沉于一个凶险的世界，在某种边缘接受考验。

《绝对亢奋》把世界划分为两个部分："东区"和"西区"。

"东区大都是楼房，大百货商店和大剧院；西区大都是平房和一些乌烟瘴气的工厂"；"东区那里的海岸全是水泥砌得齐齐的港口码头，停泊着各种各样的轮船，使西区的孩子看了很开眼。""但东区的海面却是灰蒙蒙的，像是飘着一层油灰，绝对没有海的蓝色。无论刮什么风，或是多大级别的风，海水只是顺着水泥港壁升上降下，翻不出什么浪花来。西区却不然，全是荒滩野海，暗礁丛生。海水透明清澈得像流动的玻璃，略有一点风就能推波助澜，浩浩荡荡。暖日里，白得耀眼的浪花飞舞跳跃，扑打奇形怪状的礁石，发出轰轰的震响，叫你听了浑身酥痒。冬日里更壮观，腾飞的海水一下子被冻凝在半空，像一座座即将倾倒的山峰雕塑。"

"总之，西区的海有力气，有色彩，有故事。这也使西区的孩子性格同东区截然两样。我们这边敢打敢拼，说话声音高，骂人花样多，干什么事不拐弯抹角。即便是降为野孩子，也不下贱，顶多像动物那样凶猛地撕咬，却绝不要花招。东区的孩子全都会要花招，说话像唱歌一样好听，骂人也没多少词儿，但要耍起花招来，一个顶上我们一百个。这些家伙穿戴倒挺干净漂亮，很有些风度，一般市里举行什么重大的庆祝活动，都是东区那帮小子敲洋鼓吹洋号，或是唱什么歌什么的。我们西区的孩子只有排队走大街的份儿。但东区的孩子要是降为野孩子，就卑琐得很，脏得像一堆垃圾。他们什么能力也没有，只好偷和骗。"

显然的，"东区"和"西区"有一种隐喻在其中：整齐、清洁、富有、优雅，但柔弱，温情脉脉的"东区"是上流社会的影像；杂乱、浑浊、穷困、粗野，但强悍，生气勃勃的"西区"是下层世界的摹本。

而"西区"，是作家钟情的张扬生命力的舞台。

饥荒岁月，疯狂"文革"，社会转型，"西区"的陈立世们在风吹雨打和涛翻浪涌中被命运摆布，与命运抗争，希望，追寻，失落，抗拒，堕落，欢笑，悲号，诉诸人性的则是扭曲与升华。深刻的悲剧意识氤氲其间，令人难以释怀。

与"东区"的林晓洁们截然不同的是，生于"西区"，长于乱世的陈立世像一蓬野草，"生命里绝对注满了威武雄壮的细胞"，"由于在母腹中就饱受父亲的拳脚，因此长得特别结实"，"不怕打，不怕痛——牙痛得要命时，就找出家里生锈的铁钳子自己拔，而且一下子拔出两颗……血流如注……从破棉裤里撕下一块发了黑的棉花塞进嘴里咬住，不一会就好了。直到如今，我也不相信医生说的话，什么细菌呀，感染呀，全都是无稽之谈。你要不健康，天天喝青霉素也得得病；你要是健康，吃苍蝇也死不了。""我的身体在煤筐的重压下变得健壮——就像锤子砸出来的锻件，肌肉筋骨紧紧地融合在一起……过于健壮的力量，逼得我坐立不安。"他桀骜不驯，蔑视一切规范和教养，"威严和力气对我毫无用处"，"我这个人的优点和缺点就是——你越不让我干我越干"，而且"从不后悔"，让"所有的老师都大吃一惊，一个人怎么能自己决定自己？"

然而，陈立世并不等于在这个城市满街乱窜的那些"过着野狗一样的流浪生活"的野小子，虽然也逃学，但不蓬头垢面，不死乞白赖，更不去饭馆讨要剩汤剩饭。"因为我有个比母亲还好的姐姐。重要的是，我觉得我正派——也就是正义。这个感觉伴随了我大半辈子，为此我老是火气很盛，吃了天大的亏还以为自己胜利了。"

陈立世是市井草芥中的草芥：父母早亡；失学；做苦力；受男人般的"母老虎"呵护；从潜逃罪犯到习武；"在激烈的革命年代里……除了睡觉、吃饭以外，只干两件事——练武和打架"；为亲友报仇；被"专政队"毒打；为了不像"癞皮狗"一样活着，从直指蓝天的大烟囱飞身跃下；被档案钉进罪犯的行列，失去正当就业的权利；捡垃圾；为各类女人所不齿；最后的谋生手段是贩卖鸡蛋：每天"从城里骑到农村，往返将近200里地，再加上走村串户收鸡蛋，早晨四点就得蹬车子，一直蹬到摸黑回城。很多人干不下去，累趴下了"。即便如此，他也决不依附成了公司老总的姐夫。姐夫只能说"你的脑袋太死了，现在到大街随便翻一个人的口袋，都能掏出经理和董事长的名片，可你还靠那点笨力气下乡载鸡蛋。""但我却是个贱骨头，觉得沙发比山坡上的石板还硬，酒店里的好酒好菜，赶不上我在乡下喝河沟里的水嚼冷馒头香甜。"曾经相依为命的姐姐动员他跟自己一样花钱"办成外国人"，他说"姐姐你享你的福，我吃我的苦吧，我连中国人都没当好，怎么能当外国人。"

邓刚精心描绘了陈立世精神世界的各个方面，既写了他受环境影响顽劣、粗鲁的一面，更揭示出他纯朴、敏感、善良的一面。精神分析学家威尔汉姆说："一个不成熟的男子的标志是他愿意为某种事业英勇地死去；一个成熟的男子的标志是他愿意为某种事业卑贱地活着。"但陈立世没有所谓的"某种事业"。如果有，那就是有血有肉地活着，自主自立地站着。

陈立世不是塞林格笔下的霍尔顿，霍尔顿是一个典型的"反大卫·科波菲尔"式的形象：富家子弟，屡屡被学校开除，泡酒吧，滥交自己也看不起的女人，在内心深处陷入了对成长的种种困惑、焦虑、恐惧。

成长是件无奈的事——社会化的过程必然存在着对人性的不可避免的扭曲。尽管在某些外在行为上有不无相似之处，但陈立世并没有盲目接受这一切的发生，而是作出并坚持了自己的选择。他像霍尔顿一样背叛一切现成的秩序，但健全的生命和人格令他天然地摆脱了颓废与堕落，绝不堕入人性变质的深渊："我绝对地不愿意像个奸商那样去二手市场买破自行车，更不愿意提着鸡蛋去找厂长打通关系，那样赚钱确实又快有多，但太没意思了。""元宝大笑我没有见过世面。这家伙开始可怜我，有一次他竟然说，要给我创造干他秘书的机会。我立即大怒，我不是收破烂的，我是童子！"

陈立世也不是陀思妥耶夫斯基笔下的被侮辱与被损害者。《绝对亢奋》的确描绘了一大群"被侮辱与被损害的"小人物，非但讲了他们的不幸遭遇，还细致刻画了他们惨痛热烈的心声，从而表现出作者深入解剖人心的出色技巧。但邓刚并未就此止步。尼采对陀氏有这样的论断："唯有从这位心理学家那里，可以学到一颗亲近的心灵。"这一点与《绝对亢奋》是相通的。仅此而已。邓刚以"一颗亲近的心灵"，通过个体的人寻找真实，在无意识的境地中掌握心灵的运动，并由此出发观察表象、欲求等等的产生过程。

　　如果只是看到陈立世历经的苦难，而忽视了这一形象对所有个人和社会苦难的超越，那是远远不够的。邓刚在某种程度上接近了尼采在陀氏小说中揭示的"超人哲学"。《绝对亢奋》中的陈立世的"超人哲学"乃是一种弱者的哲学——弱小者转化为有控制性力量的强有力的人，完全把自身的命运掌握在自己手中，独立地在自己的本质内成就自己。他地位低下而又对自尊极其敏感，有时也会表达诸如关于社会正义的思考，只不过这些思想是散漫的、不连贯的、转瞬即逝的，主人公主要是在倾诉自己的感情，叙说自己的经历和感受，并且往往以一种异己的、嘲弄的眼光。他从不绝望，艰难困苦的环境锻造了他性格的坚强；他嫉恶如仇，但又充满对爱的渴望；他命乖运蹇，但出污泥而不染。在非人的环境中他始终"绝对亢奋"，保持思想和心灵的纯洁："我和你说过，我相当健壮，还相当乐观。无论多么艰苦，我都能苦出兴趣来。抬煤我能抬出扁担颤悠的滋味儿，捡破烂我能捡出冲锋陷阵的劲头……看来我就是一个出力的命，我属牛，老天爷派我下来就是靠力气吃饭。""当你尝过比海水还难受的滋味时，海水就挺好喝的了——人可能有享不了的福，但绝对没有受不了的苦。"

　　陈立世更不是底层文学怜悯的对象。这类文学尽量展现的是底层群体艰难的生存处境和迷茫的精神状态。作为近年来的热门话题，引来了文坛各界关注的眼球。然而，邓刚做的，并非追逐时髦，而是以完全平等的姿态，以设身处地、感同身受、情感介入的方式探入底层生活深处，真切地传达底层经验、底层情感、底层利益诉求。从他所描绘的陈立世们出发，去解读他们的孤独心灵，认真体悟他们的那份感伤，痛苦与骄傲。尤其是骄傲。当我们最终看到陈立世与林晓洁的结合，我们不由会觉得这里表明的是"西区"对"东区"的拯救；强大的生命力对病态的文明的拯救。这是何等地骄傲！这骄傲使得暴发的孙业成像受伤的老牛吼叫一样痛哭着"抱住我，立世弟，坦白地说，姐夫从来没把你当回事儿，但今天——姐夫向你致敬！"

这种骄傲的表达，乃是小说的价值核心。正是对这种骄傲的传达，使邓刚与居高临下地对弱势群体悲天悯人的所谓当代人文知识精英区别了开来。

一部小说如果不好看，读者无法卒读，哪怕结构再精巧，技法再高超，也无意义。出版者的广告所言不谬，《绝对亢奋》的确是一部好看的小说，足以使阅读亦入亢奋之境。首先，情节精彩，毫无说教。整个故事一气呵成，跌宕起伏，悬念丛生。其次，语言传神。邓刚的小说一如他的说话，无论闲聊还是演讲，妙语连珠，笑料迭出，《绝对亢奋》更是用嬉笑叙说悲愤，用打趣调侃神圣，幽默生动却催人泪下，使灵动有了相当的厚度。第三，层次丰富。小说的意义是叠加的，人性是复杂的，所有人的内心都被精妙而自然地袒露。但仅有这些，还不足以概括《绝对亢奋》的艺术成就。伊格尔顿对英国作家乔治·奥威尔评价道："奥威尔的文字反映的内容永远都比那些语言的形式以及写作的技巧来得重要。真实的记录那个时代的最底层的生活的文字，能对我们灵魂的审美和精神的愉悦产生什么样的作用呢？文学是高贵的，他的最直接的高贵之处就是反映在生活的美好上。"（《二十世纪西方文学理论》）同样的评价也适用邓刚。即便是对于那些最肮脏的地方、最低贱的生命，抑或高贵血统之下的卑贱和脆弱，以及困顿之下的挣扎和冷漠，作家也给予了阳光般的热情——尽管这热情的表达有时候是那样地冷峻。

村上春树在谈到陀思妥耶夫斯基时说：他"以无限爱心刻画出被上帝抛弃的人，在创造上帝的人被上帝所抛弃这种绝对凄惨的自相矛盾之中，他发现了人本身的尊贵。"同样的，在《绝对亢奋》中，邓刚以对生活的温情与理解去追求人性的闪光点，充分展示了底层民众的尊严和价值。

《绝对亢奋》里面站满了被时代损害和侮辱的人，但是他们其中有许多——比如从狂热的革命分子变成"昧着良心赚大钱的"公司老总孙业成，比如从被追捕的江洋盗贼变成官场红人的武校庄主刘剑飞——是被自己侮辱的。虽然他们骨子里也要强，但世俗的天性毫不留情地出卖了他们。陈立世没有，他永远以一种近乎固执的倔强坚持着自己的本性。事实上，他是小说中被侮辱和被损害最甚的人，但他从来没有抱怨过自己经受的苦难。当然，他也没有假惺惺地宽恕任何制造了社会灾难的人。

邓刚站在弱者的立场看这个世界。这里的弱者不是道德败坏者，恰是心灵高贵者。

《绝对亢奋》是邓刚对半个世纪以来的民生状况思考的集中体现，作家并非要通过有计划的诚实刻意把自己笔下的人物写得高大完美。他以真实的眼光看到的是一个荒诞的世界。作家显然反感现代文明表面喧嚣之下的种种卑琐，其赋予陈立世的形象使命是：与所谓的主流保持距离，拒绝卷入狂飙突进的时代游戏。作为一个永不屈服于生存困境的草根意志的体现者，矗立在繁华辉煌、光怪陆离、物欲横流、信义沦丧的滚滚红尘中。

多余的话：收到邓刚新著《绝对亢奋》的那天，我刚在厕上看完报上的一篇美文，讲的是作者对最近公布的"作家富豪榜"的感想。这期富豪榜新增了几个名字，都是港台作家。

除一位写"成年人童话"的大家之外，另外的主要成就都不在小说。美文最醒目的是第三个小标题："纯文学已被读者摒弃"。"摒弃"纯文学的还不只是一般的"读者"。美文最后引述了最大的官方报纸的文章——富豪榜证明，作家们只要写出了真正好的小说，是会受到读者欢迎的，也是完全可以靠写作致富的。

这指教让我茅塞顿开。

混迹文坛这么多年，这才真正明白"真正好的小说"就是可以让作者上富豪榜的小说，也就是能卖钱的小说。道理原很简单——只是我没有早懂——文化是一种产业，有幸忝列文化的小说当然也是这大产业中的一个小产业。操持小说的人也就是这产业的从业者，出的活能赚钱就是好活，也就能活好。不然就只有歇菜。

评价小说好不好的最高或唯一标准原来就只是金钱。

一个时代真的结束了。虽然结束的这个时代原来也未必存在多少"真正好的小说"，见得多的是扮成了戏子样的工具。现在这工具也老旧了，老得像石器时代的石斧石锛——甚至连那也不如，那是文物，可供收藏和拍卖，而这工具连古玩市场的地摊也上不去。

所谓的"良心""良知"已经一文不值；所谓的"国民精

神灯火""人类灵魂工程师"不过是自恋；所谓的"时代书记官""民众代言人"不过是自作多情；所谓的"社会责任感""历史使命感"不过是遮羞布，遮挡的是自己的无能和寒酸。"作家"的唯一价值就是娱乐大众，为大众提供消遣，让未成年人读未成年人的童话，让成年人读成年人的童话。总之就是让大家快活，而不是"非给人添堵"——记得有篇很严正的文论——其实是政论的标题是"干吗非给人添堵？"写小说这职业真的跟专业的和业余的性工作者没有什么不同。

明白了这一点心里自然有点不舒服。但真明白了，也就淡然。

20多年前文坛有智者发出"文学失去轰动效应"的断言，我尚懵懂不解。那时我在大学蒙文凭，班上有几位手上多少握了点"文权"的人。有位年纪相仿的老师对他们很亲切热诚，常请到家里做客。他们回来一个个都很神气，说这位老师也在写小说，并且希望发表。这位老师的课讲得很不错的，一开讲座总是挤满了人，却不知为什么也喜欢发表小说。结果好像不太如意，始终不见有他的小说发表出来。几位没有帮上忙的学生为此都有点疚愧。过了好多年，忽然听说，这位老师成了富豪榜上有名的电视学术明星。我因为忙活完家务没有可以坐下来看电视的空闲时间迫不及待就上床醋睡了，对什么是"电视学术"、什么是"电视学术明星"很无知，只听说这种人都赚了大钱就是了。私心里很为那位老师庆幸——幸好当初没误入写小说的歧途，否则会不会有今天的发迹就很难说了。去年春在山西开会，听蒋子龙发言，说看到这位老师的博客，认为中国其实有两个协会该骂，一个足协，还有一个作协——作协比足协还该骂。我从未接触过博客，当时的感觉只是有些吃惊，不太相信这位老师会说这样的话，至少不会这样说——他自己是很渴望过参加作协的啊。前不久在海口听我极敬重的韩少功笑谈，说而今在网上骂作家的人多是想当作家没当上的人。但那多是小年轻，奔古稀之年的人应该不至于那么生猛的罢。

不过，毋庸讳言，纯文学的式微，内囊的确是早就上来了的。大众审美取向和文化消费趣味的改变，文学现状本身不能不是原因之一。文学的表达与大众对历史和现实的认知相去甚远，在此基础上的大嚷大轰、急功近利的文学活动显得虚张声势，像是业内人士的一场只有无聊者或奉命行事者围观的自慰，只能是引起社会逆反心理，反而加剧了文学的危机。

不久前外出开会，遇见一位曾见过一面的朋友，寒暄中问及近况，不意他一声苦笑。原来此前他荣获了一个全国级的文艺大奖，却在网上给人骂得一钱不值，以至在同行中甚是尴尬，似乎艳照被曝了光。

我早已失了争取荣誉的能力，对各类类似盛事漠不关心，但这位朋友的许多文字却是看过的，很是折服，倘有某篇中奖，想必是不会评错的。洞房花烛夜，金榜题名时，自古是无数中国才子得意的极点，而今高中三元却理不直气不壮，不仅颜面无光，反而似乎成了一种耻辱，灰溜溜的。这不能不说是一种悲哀了。

但这悲哀却未必仅是中奖者的悲哀。

我无参与其事的资格，对网上的抨击和主事者"澄清事实"的声明皆无法判断其是与非。曾经有一年，省里一位在京城出差的朋友给我挂来长途电话，他有一部有些分量的作品由我供职的社团申报参与全国级的文艺评奖，他的职业是医生，在省里是技术权威，于宣传文艺界极为生疏，好奇且觉得神圣。但这次电话却极显失望：他的那部作品的责编拉扯着他去见了一位圈中人，那人诚心指点说，就不说潜规则了，你至少得让你们省里社团的头来京跟几个关键人物打个照面啊。听我没反应，朋友赶紧说，你别急，我不是为难你，我知道这种事打死你你也不会干，我只是觉得有点怪，给作品评奖看作品不就行了吗，为何要看跟这作品不相干的人呢？

我只有报以叹息。仅仅根据这位朋友的这个电话就推测那评奖有潜规则，肯定是不负责任的。但如果所有操作都绝对干净，白璧无瑕，依然让人疑虑以至挨骂，那就不能不认真想想了。显而易见的至少有两点：一是公信缺失得严重；二是权威消亡得彻底。归结起来只能是文学神圣性的荡然无存。荣誉固然是一种人生动力，一种社会指标，但当一种"荣誉"只能让世人嘲笑，让正派人避之唯恐不及的时候，这"荣誉"本来的意义还存在吗？

不能不认了，原来曾经自命不凡的所谓"纯文学"真的要或者应该要寿终正寝了。该死而不死，或赖着不肯死，岂不该骂？或是客气点，像前面提到的那美文那样笑而逐之？圣人可是有过老而不死是为贼的话的。

"日月忽其不淹兮，春与秋其代序。惟草木之凋零兮，恐美人之迟暮。"眼见得一个曾经死死抱定的美人不只是迟暮而是就要咽气了，说一点感触没有是假的。好在因为小技的枯竭疏于此道久矣，多少有了一点隔膜。但要打心眼里彻底断绝旧情却不易。正因此，邓刚的《绝对亢奋》表现出的绝对不识时务、绝对不与时势妥协、又绝对亢奋的执拗打动了我。

这样的执拗当然是愚蠢的，但以我的愚见，聪明的成功者固然让人羡慕，愚蠢的失败者有时却让人敬畏。

（2008年）

陈忠实：白鹿原上风

五月的白鹿原，漫山遍野的红樱桃熟了。

陈忠实蹲在白鹿原上。身前身后是熙熙攘攘的人流：大筐小篮叫卖樱桃的庄户人；大车小车停得横七竖八采购樱桃的商贩；扶老携幼来乡村观光的城里客，夹杂其中的是一堆堆的泡馍摊，上面搭着花花绿绿的塑料布。陈忠实蹲在黄土的坡沿上，我稍一转身就找不着他了。

我之此来，怀了朝圣的心情。

西安是圣城。汉唐气象弥漫在庞然连绵的楼群，阅读路牌就像阅读史书。

白鹿原是圣地。到了白鹿原才知道，"原"就是没有石头的山峦，就是俯瞰平野的高台。远古的某一天，有位君王见白鹿跃于原上，名此地"白鹿原"。之后，有位将军统兵扎寨，是为"狄寨原"。而今，因为陈忠实的《白鹿原》，白鹿原回归最早的名字。整个关中是亘古不断的文化堆积，这堆积一直活着，孕育着新的烂漫生命。新的白鹿原，就是这新的烂漫生命。

陈忠实是圣者。农民的儿子，从小割草拾柴。穿着没有后跟的烂布鞋投考中学，30里砂石路把脚板磨得血肉模糊。每周从家里背一周的馍步行去上50里外的中学。馍夏天长毛，冬天结冰。高中毕业回乡，像祖辈一样刨土挖地的同时热望成就文学。把墨水瓶改装成煤油灯，熬干了灯油即上炕睡觉。冬天笔尖冻成冰碴，夏天的蚊虫令人窒息。几十年过去，所著颇丰，但没有一部让自己满意。将临50岁，"清晰地听到了生命的警钟"。处于创作思想成熟并且极为活跃的高峰时期的作家心里，"一个重大的命题由开始产生到日趋激烈日趋深入"，那便是"关于我们这个民族命运的思考"。

当时的文坛，"各种欲望膨胀成一股强大的浊流冲击所有大门窗户和每一个心扉"。已经成为陕西作协主要负责人的陈忠实静静地收拾了自己的行囊，带上他认为必需的哲学、文学书籍，以及他这之前收集整理的史料，静静地回到已经完全破败的祖居老屋。

新年的艳阳把阴坡上的积雪悄悄融化，强烈的创造欲望既使人心潮澎湃，又使人沉心静气。当陈忠实在草拟本上写下第一行字的时候，整个心便没入父辈爷辈老老老爷辈生活过的这座古原的沉重的历史烟云。

这是1988年4月1日。陈忠实负了写出民族秘史的沉重使命开始穿越一条幽深漫长的似乎看不到尽头的时空隧道。

30年后重新蜗居老屋，避开了现代文明和城市喧嚣，连电视信号也因为高耸而陡峭的白鹿原的阻挡而无法接收。最近的汽车站离这个孤单的不足百户人家的村子还有七八里土路，一旦下雨下雪，就几乎出不了门。陈忠实重新呼吸的是左邻右舍弥漫到屋院的柴烟，出门便是世居的族人和乡邻的面孔，听他们抱怨天旱了雨涝了年成如何之类。

除了思想，他完全绝对地封闭了自己：不再接受采访；不再关注对以往作品的评论；不参加应酬性的活动。从1988年春到1991年深冬，他全部记忆中最深刻的部分是孤清。冬天一只火炉夏天一盆凉水，每天趴在一张小圆桌上，"连着喝掉一热水瓶酽茶，抽掉两支以上雪茄，渐渐进入了半个世纪前的生活氛围"。白嘉轩、鹿子霖、朱先生、小娥、黑娃……形形色色的人们从黑暗的纵深一个个被召唤到他的面前，进入他的笔端。唯一的消遣是河边散步，院里弄果木，夏夜爬山坡，用手电筒在刺丛中捉蚂蚱，而冬天，则放一把野火烧荒：

我在无边的孤清中走出屋院，走出沉寂的村庄走向原坡。

清冷的月光把柔媚洒遍沟坡，被风雨剥蚀冲刷形成的奇形怪状的沟壑峁梁的丑陋被月光抹平了。我漫无目的地走着，走到一条陡坡下，枯死风干的茅草诱发起我的童趣。我点燃了茅草，由起初的两三点火苗哧溜哧溜向周围蔓延、眨眼就卷起半人高的火焰，迅疾地朝坡上席卷过去，同时又朝着东西两边蔓延；火势骤然腾空而起，翻跃着好高的烈焰；时而骤然降跌下来，柔弱的火苗舔着地皮艰难地流窜……遇到茅草尤其厚实的地段，火焰竟然呼啸起来，夹杂着噼噼啪啪的爆响……我在沟底坐下来，重新点燃一支烟。火焰照亮了沟坡上孤零零的一株榆树，夜栖的树杈里的什么鸟儿惊慌失措地拍响着翅膀飞逃了。山风把呛人的烟团卷过来，混合着黄蒿、薄荷和野艾燃烧的气味，苦涩中又透出清香。我沉醉在这北方冬夜的山野里了。纷繁的世界和纷繁的文坛似乎远不可及，得意及失意，激昂与颓废，新旗与旧帜，红脸与白脸，似乎都是另一个世界的属于昨天的故事而沉寂为化石了。

整整4年，陈忠实领着《白鹿原》上的三代人穿行过古原半个多世纪的风霜雨雪，让他们带着各自的生的欢乐和死的悲凉进入最后的归宿。

一切都像庄稼从黄土里长出来一样自然。《白鹿原》以其对民族命运和文化心理的空前规模和深刻的揭示，登上了当代文学的巅峰。对它的成就和影响，再苛刻的人也难以漠视和否认。

而陈忠实，像野火一样呼啸着，燃烧了自己。像古往今来所有的殉道者一样，向文学奉献了自己。

而今的白鹿原，丰腴肥硕，草树葱茏，早不是当年的贫瘠荒凉；而今的陈忠实，形销骨立，瘦削苍黑，早不是当年的强健明亮。

陈忠实蹲在白鹿原上。身前身后是熙熙攘攘的人流。有个乡邻发现了他，送上满筐的樱桃。陈忠实抽够了雪茄，站起来，给我们指点他的家园。

莽莽苍苍的白鹿原北坡，遥遥的对面，是骊山，骊山那一面，埋着中国的始皇帝。原与山之间，由东向西倒流的灞河从秦岭逶迤而来，在迷茫的云烟中闪闪烁烁，到白鹿原西坡，跟那儿的浐河一起注入渭河。陈忠实祖居的老屋，就在我们站立的坡沿下面，白鹿原是靠背，灞河流过门前。

陈忠实说，灞河最早叫滋水，有位君王想要成就霸业，把它改作了霸河，后人觉得过于张扬，给"霸"加了三点水。在《白鹿原》里，陈忠实把浐河写作了"润水"，以与灞河最早的称谓"滋水"对应。他的愿望是"滋润"，滋润文学的想象。而文学滋润的，是民族的心灵。

正午，起风了。白鹿原上绿浪翻滚。白鹿原繁荣过："飒飒风叶下，遥遥烟景曛。"（初唐·长孙无忌）白鹿原衰败过："丘坟与城阙，草树共尘埃。"（晚唐·赵嘏）但白鹿原上的风，跟千百年前一样。古人未坐今时风，今风曾经吹古人。

那位把滋水改作霸河的君王是谁，陈忠实说了，我没有听清，即便听清了也记不住。但陈忠实和他的《白鹿原》，我会永远记住。

所有的帝王都会连同他们的霸业消亡，唯文明的薪火永恒。

就像白鹿原上风。

（2012年）

郭文斌：安详的心灵

　　2011年，主办者不知基于何种考虑，让我忝列第八届茅盾文学奖的评委。我有些惶惑，集中全部精力拜读。评奖办公室发来的电子版文稿有180部之多，直读得天昏地黑，不知今夕何年。好在在巨量的参评作品中，堪称优秀之作甚多，细细品之，同时又是一种享受。在许多让我不时击节赞叹的文字中，有一部作品给了我一个激灵，顿时耳目一新。那部作品是《农历》，作者"郭文斌"，在我是个完全陌生的名字。后来我才知道，郭文斌获过鲁迅文学奖，有多种广受欢迎的著作出版，早已蜚声文坛。只我闭目塞听，孤陋寡闻罢了。

　　《农历》打动我的，是它对中国民间的生存、愿望、理念的那么纯净、深沉而又诗化的叙述。有人说，《农历》是"天然的世界，天然的岁月，天然的大地，天然的哲学，天然的美学，天然的文学，天然的教育，天然的传承，天然的祝福……"说得真好。我写的长篇极拙劣，又尤其不懂农村农事农民，《农历》因而格外让我钦佩。茅盾文学奖评委在京集中的时候，我将此感受向许多我向来敬仰的评论家请教，他们也大都与我有同感。终评结果出来，《农历》排在第七位，我打心里莫名地高兴。

见到郭文斌是在中国作协的代表大会上。瘦高，清癯，沉静，谦和，轻言细语，老是在想着什么。我的直觉是，这是一个内在品质深厚的人，精神一定为一种高远、宏大、类似于宗教的气息所濡染。会散，他与我搭同一班飞机南下，我是回家，他是应邀讲学。机上用餐时，他把每一粒饭都仔仔细细地吃干净，却把所有的荤腥都挑给了我。我没有问他这是否是因为某种皈依才有的忌口，权当是他见我胡吃海塞给的施舍。

那之后，我得到他寄给我的《寻找安详》，越来越多地看到了他在包括香港在内的全国各地开坛宣讲"安详"的消息。

"《寻找安详》旨在帮助现代人找回丢失的幸福，让人们在最朴素最平常的生活现场找到并体会生命最大的快乐……当一个人内心存有安详，仅仅从一餐一饮、半丝半缕中，就可以感受到世界上最大的幸福。否则，即使他拥有世界，也可能和幸福无缘。"

这些话让我想起飞机上的那次同餐，一个能够拒绝饮食的肥厚的人，应该就是安详的人吧。

在浮躁喧嚣的当下，《寻找安详》理所当然地成为畅销书。

再次见面是在中国作协全委会上。会后，我们同车去机场，我又一次为郭文斌的行为所触动。

来时雨，去时晴，我嫌雨伞多余，随手就搁在了机场的垃圾箱上，站在远处等我的郭文斌见状疾步奔来，拿起了那把被我无情抛弃的可怜的雨伞，轻声说，我收藏吧。

我的脸发烧。一个在物质上力求简单的人不会有收藏的爱好，那个"收藏"的"藏"其实是"收留"的"留"。

我又一次记起飞机上的那次同餐，他是怎样把每一粒饭都仔仔细细地吃干净。

我于是忽有所悟：安详是一种精神状态，前提是对生命，对万物的珍惜。是要有一颗安详的心灵。

在熙熙攘攘的世界，在纷纭嘈杂的文坛，这样一颗安详的心灵带给我们的，真是善莫大焉。

（2013年）

李国文：《读出鲁迅的味道》补白

今年上半年，光明日报出版社拟编辑出版《中国好文章》一书，约我选一篇喜欢的文章，并加点评文字和阅读心得一则，一并入书。"阅读心得"的字数要求在六百字左右。我选了李国文发表在2012年第2期《文学自由谈》上的《黔驴技未穷》。心得短文题为《读出鲁迅的味道》。因为只有"六百字左右"，姑全文引述如下：

中国文坛上，李国文是我最敬重的师长。

一因其人：三十年前我贸然致信请教，他给我的回信抬头称"文兄"，吓我一大跳。居上而不凌乎下，谦恭如此，大家之风。

二因其文：小说不必说了，著作甚丰，一代巨擘。就是那些闲散文字，也无不令人肃然起敬。早年执掌《小说选刊》，时有短评文字如时下微博然，三言两语，切中肯綮，蕴藉隽永，激励后进，孤心苦诣。近十余年来，他坚持不懈于报刊专栏随笔，我更是每读必击节。缘故也有两个：

一因其干净：心地澄明，字字妥帖，各得其所，该说的说得充盈饱满，痛快淋漓；不必说的半句废话没有，空白处让你跟着会心一笑。读其文如至其家，窗明几净，一尘不染，连厕纸也码得如同刀切。

二因其锋利。于说古论今、嬉笑怒骂中，对中国文人弊端痛下针砭，揭露真相，剖析劣根，毫不留情。这类文字，很容易读出鲁迅的味道。像我这样混迹文坛的下等角色，领教这些文字，总不由得面红耳赤，虚汗直流，如芒在背，如坐针毡。恼羞之余，恨其尖酸刻薄，但仔细想想，还真是那么回子事，"涣乎若一听圣人辩士之言"（枚乘《七发》）。固执的人虽不以为然，也只好噤若寒蝉。而稍有些明智的人则有可能"涊然汗出，霍然病已"（同前）。

李国文与鲁迅，自有无数不同，但至少还有一点很相似，即字体。以鲁迅的尖锐凌厉，很难想象他的字会写得那么温柔敦厚；而以李国文高大壮阔的"硕儒"身材，也很难想象他的字会写得那么工整娟秀。所谓"刀子嘴豆腐心"，此可佐证之。

在物欲横流、人格沦丧、假话真说、嘻哈风行的时世，这样方正刚直的文字也许有些寂寞，但正因为此而显得尤为可贵，让人觉得社会良心一息尚存，从而对生活增加一点信心。

出版社规定的字数限制，实在太过拘束，囿于篇幅，许多想说的话都没有说出。这六百字后来在《文艺报》发表（编辑将原题改为了《敬重之心》），引起一位对我略有所知的朋友的愤怒。他觉得以我一贯的"血性"，不必如此以虚伪地自贬来"拍"大家的"马屁"。我相信他没有任何恶意，盖因为对事情的渊源缺乏了解。如果有可能，我想告诉他两点：一，再"血性"的人都该有自知之明；二，敬重值得敬重的人也是有"血性"的人做人的本分。

正好《文学自由谈》芙康兄约稿，给了我一个补白的机会。

1979年9月，《小镇上的将军》在《十月》发表，我迅即被卷进当时激荡喧嚣的文学漩流，但我却完全没有心理准备。因为家里无力让我升学，初中毕业我下农场种了8年棉花，之后被好心人照顾到县镇打零工，几年后终由他们的顽强努力转为正式工。将近20年时间，除了当时的官方允许的几册鲁迅读本，就无书可读。号召要读的政治类的书很多，可惜要么读不进去，要么读过就忘了，等于没读。《小镇上的将军》有点拗口的半文半白文字明显是鲁迅老先生的影响——就凭这么点墨水，冒冒失失地一头没入了深水激流的文坛。到今天回想起来，还不免胆寒。

那年年底，《人民文学》把几位当时已赫赫有名的作家河北贾大山、天津冯骥才、河南张有德和我召到北京，住进一个军队招待所，说你们几位有可能在本年度的全国优秀短篇小说奖的评奖中获奖，颁奖会在一个月后举行，提前请你们来，希望你们能在这期间完成一个作品，在颁奖当月的那一期发表。对刊物来说，这是一个很好的创意；对我来说，却简直是一个天方夜谭：我哪来这种立马可待的本事啊！《小镇上的将军》那么一个万把多字的短篇，前前后后花了有三年时间，是在十几个退稿的基础上好不容易"提炼"出来的。现在，要在一个月内完成一个作品——哪怕就只有一两千字，而且要在《人民文学》这样的刊物发表，其他三位也许不成问题，在我绝对是一个神话。后来的事实是那三位都交了稿，唯我一个字也没写出来。可怜巴巴地看着《人民文学》编辑们宽容的笑脸，我真后悔懵里懵懂地离开江南那个偏远的小镇跑到京城来丢人现眼。我当时的感觉就像是一个被揭发出来的小混混。

更让我胆颤心惊的事还在后头。

因为《十月》的推荐，颁奖会后我接着就进了中国作协第五期文讲所（现在好像叫"鲁院"），在那里见到的几乎全是我之前像星星一样仰望的作家。夹杂在他们中间，我自卑极了，除了偶尔对同桌的王安忆卖弄写字（我那时把她看作一个跟我一样怯生的小女孩，觉得她的字写得没有我的好看），整天小心翼翼地噤若寒蝉。怎么也没想到，有一天在一个什么会上，评论家阎纲把我喊到一边，说他听到一种反映：我是这期文讲所里最狂的人。

我当时像是遭了五雷轰顶，张口结舌，好半天说不出话。阎纲是最早评论《小镇上的将军》的评论家之一，他那篇《习惯的写法打破了》影响很大，之后他也一直以一个师长的热切注意着我。他当时的眼神里充满了忧虑，他是那么担心我真是传言中的那样一个少年得志的狂妄小人。我没有解释，也没有追问。我感到的是恐怖。我在乡下务农的时候经历了"文革"的全程，听到看到无数大大小小的文化人死于非命。母亲在知道我下了班就写小说赚稿费的时候，一再阻止我别给自己和家人惹祸，一再说日子能凑合过就行了，舞文弄墨这碗饭不是我们能吃的，搞不好家破人亡。我从小是个听话的孩子，但在这件事上，我却迫于当时的现实执拗了——上有老母，下将有子，每月和内人不足七十元的工资捉襟见肘，结婚没酒席，家具皆借用，好歹给自己和老婆各添置了一件上衣，还因为质地的低劣（的确良）被上海的著名作家耻笑。现在，阎纲老师的提醒让我陡然有了一种果然面临悬崖的感觉。

回想起来，当时可能把事情看得过于严重了。一个来自小地方的从未见过世面的土巴老，是那么狭窄而敏感，如同惊弓之鸟。那些传言，也许恰恰源于我的卑微造成的孤僻：在整个将近半年的学习期间，我只去两位有直接联系的责编家里蹭过一两次饭，之外哪个门子也没有拜过。如果这会让人觉得"狂"，那我就真是太冤了。只凭这一点，我也感到文坛的可怕。私下里，我向班上公认的智慧人物贾大山请教，他说，不用怕，咱以后不来这种地方就是了。毕业时，这句话他公开说过。他后来也真的没再来过北京，尽管他所在的河北比我所在的江南离北京近多了。多年后，我多少长了些见识，知道了文坛也是一个江湖。身在江湖不拜门子是难免被视作狂妄的。古来通常的做法有二：一是遵从；一是规避。我选择了后者。做这选择的一个直接榜样是梁晓声。他有句话我在报上一看到就记住了："面对文学，背对文坛。"不同的只是，他的宣言是出于大家的豪气，我的选择是出于天生的怯懦。

那些年是文学的好日子。千军万马挤在文学的羊肠小道上，人头攒动，前仆后继。而这也恰恰是我在写作上最悲惨的时候。贸然卷进去的我张皇失措，想起小时候在一次运动会退场时夹在出口的人堆里差一点被踩踏的经历，很恐慌。

文讲所学习结束，我被从县城直接调到省城专业写作。自打初中毕业下农场，19年过去了。19年里，我做得最多的梦就是讨老婆——生孩子——回省城。现在，这个梦竟一股脑实现了，我却有一种莫名的遗憾：要是能像回城潮中千千万万的其他人那样，回城就只是回城，就只是安安心心过小日子，而不是背负着如此巨大的压力，那是多么圆满啊。

在我前后走上文坛的作家大多一发而不可收，呈井喷之势，而我却一片茫然，一整天一整天地呆坐，好不容易憋出的文字，被一再退稿，偶尔发出一两篇，只能是让人失望。调我到省城来的人是对我作了大指望的，我如此状态，等于欺骗了大家。我很苦闷。社会也有了公开的议论：评家开会座谈我的"苦闷"；官员在官媒撰文，指出我所以不能像蒋子龙那样高歌猛进，不能在写出了《小镇上的将军》之后写出"大城市的元帅"，就因为"脱离了生活"。如果说前者让我还能感觉善意，后者就让我紧张了：我16岁下乡谋生，30岁出头有了老婆孩子，好不容易拖家带口回了省城——也就是"脱离了生活"，难道又要回到那"生活"里去了吗？如果真要这样，我当这"作家"干吗呢？我从小就不是一个有大理想的人，或者压根就谈不上有什么"理想"。在县文化馆开始写小说，最迫切的动机其实是眼红同事常有工资之外的稿费收入，也想赚点外快补贴家用。务农多年，没有别的手艺，只能求助拼凑文字了。对我来说，文学只是一座实现梦想的桥梁，这梦想就是我和家人真的回到省城老家，从此过上温饱不愁的日子。关于不"脱离生活"，常常被提到的楷模是大作家柳青，他主动放弃城市下乡当农民终于写出了伟大的作品。我很崇拜很钦佩，却明白自己学不了：他是伟人，我是庸人。文学于我真的只是"稻梁谋"的方式。如果写作的路走不下去，那就只有另谋生路。我私下跟一位办杂志的朋友商量，能不能换个工种，比如找家文学杂志干编辑或编务或勤杂工。朋友说，哪有那么容易，你想过这样做可能造成的影响吗？还有，你以为编辑就好干了吗？我给说得白眼直翻。真是走投无路了。

这时候，我有机会见到了李国文，他和好几位当时的文坛大家应一家出版社的邀请到庐山开笔会，出版社让我参与接待。在一群当代中国文坛的庞然大物中李国文给我的感觉是特随和，特明白，你一仰视，他立马就给你打岔。我和他有过一两次短暂的交谈，他的毫无名人架子，他的宽广和睿智，给我极深的印象。从庐山回到南昌，他是次日的航班，在宾馆住下。回家前我说明天来送他，他马上说，别别别，咱们还用得着那个？我也就彻底放下了忐忑，真的不送。以后几年，他被邀请讲课几次来过南昌，我从侧面得到消息，去宾馆与他匆匆见一面也就作罢。邀请方很强势，请吃陪吃轮不着我。他笑说，这不好吗，给你省事了。他说得很轻松。他知道我心里对他的由衷的敬仰。

这一切让我有了给他写信的勇气。

我现在忘了当时给他写了些什么，只记得多年来一直困扰着我的穷途末路的感觉一点也没有缓解，相反，困惑是越来越大了。小说的面貌日新月异，其中一出来就引起一片叫好声的文字，我个个都认识，就是不懂得把那些字连在一块的作家说的是什么意思。

那时候还没有电脑，我的字很潦草，怎么也写不像样子。而李国文的回信却几如印刷品：娟秀，工整，一笔一划，一丝不苟，极其均匀地排列在方格稿纸上，格子里的字每一个都不大不小、恰如其分，安静而端庄。让我感慨不已的是抬头的称呼："世旭文兄"！生于20世纪30年代初的李国文几乎是我的长辈了。他这样放下身段，暗含的无疑是前辈对晚生的鼓励。

鼓励并不仅仅表现在称呼上。1987年我的短篇《马车》在《十月》发表，继而由创办不久的《小说选刊》转载。同期有一则对《马车》的短评，约略二三百字，刚健有力，情采斐然。短评作为刊物言论，没有作者署名。我在收到的样刊上看到"李国文"的名字，这才知道他已离开中国铁路文联，是《小说选刊》的主编了。因又猜想，这则短评会不会出自他的手笔？如果真是那样，我该多么荣幸。以《马车》那样老套的写实，能发表的地方很有限了。《十月》发表之前，已经历了《人民文学》退稿。离开了这样的写法，别的路数我又不灵，唯一指望的就是中国之大，侥幸会有空隙可钻。现在不光发表了，而且转载了，而且有点评，我的那份窃喜是可以想象的。

接下来到1990年，《小说选刊》和《人民日报》文艺部在中国作协的全国优秀中短篇小说评奖中断数年之后合办了"1987—1988"年度的全国小说奖，《马车》忝列其中。我去参加了那次颁奖，如愿见到了李国文，证实了那个点评真是他写的。我觉得这比获奖更有价值。

对这次评奖的结果，行家中并不是没有人持有保留。那个午餐上，与我同桌的一位评论家在谈及他近期的阅读时说："也只能读读《马车》这样的作品了……"满是屈于时势的无奈。我呆呆坐着，心里很难过。时势不时势的我搞不清，但"老婆是人家的好，文章是自己的好"这点劣根性是免不了的。回去，我把李国文的那则点评反反复复读了几遍，虽不敢藉此就认为《马车》真的就像点评抬举的那么出色，但至少给了我几分自信。以一个俗人的俗见，"李国文"到底更有分量。

李国文对《马车》的肯定是彻底的。很多年之后，他主编建国五十年短篇小说选，在我的所有短篇小说里他选的是《马车》。我懂得，这更大程度上是对一种劳动态度和一个才华有限但兢兢业业的基层作者的肯定，是为了给一种虽嫌陈旧、虽无思想和艺术的深刻但诚恳的写作保留一席生存之地，是对摇摇晃晃、跌跌撞撞、犹犹豫豫的我的支撑。

这支撑是持续的。几年后我的长篇小说《裸体问题》出版，出版社要开例行的研讨会，让我也帮着找几位大家捧场。我第一个想到的就是李国文。我心里很没有底。一是因为小说本身。说是"长篇小说"，其实就是一个中短篇小说的合集。我压根就不会结构长篇小说；二是因为书名。起初我起的是《山鬼》，因为书写得枯燥，出版方担心发行难，建议改为《校园裸女》。我死活不肯，却又克制不了出书的诱惑。妥协的结果是《裸体问题》。我给自己找了一个伟大的根据：恩格斯说过"真理是赤裸裸的"。这不过是捏着鼻子哄嘴罢了。这样的破小说挨着恩格斯什么事了？小说出版，我所在的省里就马上有心红眼亮的同行向官媒投稿，批评我的"低级趣味"，"江郎才尽"。给这样的小说捧场，李国文随便找个理由就可以婉拒的。那时候还没有"红包"一说，参会的人除我之外都住在北京城里，最多就是报销往返"的士"票——有公车的连这也免了。纪念品就是一册精装本的《裸体问题》，一文不值，还挺沉。

但李国文丝毫也没有迟疑，我的话刚完，电话那头立刻就传来了他极爽的回答："行啊，我去。"

那个会来的大腕级的作家、评论家之多是我绝对没想到的。会后，李国文和雷达又上央视鼓吹了一番。

我当然知道《裸体问题》并非成功的作品，他们也并没有太多地谈论作品本身，而更多地认可了写作的认真。有一种前辈和兄长的温情氤氲在里面——他们希望我能挺住，能坚持下去，不要灰心，不要气馁，不要半途而废。既然把文学看得神圣，就永不要背离它！

《裸体问题》成也"裸体"败也"裸体"：因为书名的"裸体"，起初卖得不错，出版社至少没有赔本，这让我欣慰。我最不愿意看到的事之一就是别人因为我而吃亏；同样，又因为书里看不到"裸体"，加之其他的敏感"问题"，这本书后来很快就被弃之如敝屣，读者、官方、出版方皆不讨好。但对于我个人，这却是一个里程碑。我所以能拼凑文字到今天，没有李国文们那一次的鼎力鼓吹，肯定早就没戏了。

我跟李国文见面的次数不多。早年去过一两次他的家。铁道部宿舍楼一楼尽头，一个狭窄的小院的角落，百十来平方的室内，是一个洁净得似乎消过毒的世界。一切都井井有条，到处都纤尘不染，卫生间的厕纸码得像刀切的豆腐块。让进入其中的我有玷污之感。两次又都恰遇那儿鸿儒满座，让我自惭形秽。以后也就去得少了。

好在我可以从文字里感受他的气息。他在《文学自由谈》的专栏，字字珠玑，振聋发聩。"封笔"小说的李国文，转身成为散文随笔圣手。其文心到笔到，嬉笑怒骂，从心所欲，一派坦然。从他挖苦的那些死人身上，许多人可以看到活着的自己的影子而不能自在。虚荣浅薄如我，常是脸红耳热，无所遁形，却又不能不承认那是金玉良言。

如果说李国文热诚的援手，给予了我的坚持写作以切实的扶持，那么他做人的淡定和为文的庄严，则给予了我的精神世界以深刻的影响。

后者更让我受用不尽。

（2013年）

葛水平：爱与坚守都与山河有关

2003年，葛水平处女作《甩鞭》发表，此后一连串中篇在文坛集束爆炸。2004年，全国的中篇小说创作有了"葛水平年"的说法。面对媒体，葛水平很清醒："一个人没有那么大的本事把一个特定的年归于自己，不能也不敢。"

这是大实话。2005年，葛水平参加文学活动路过江西，给我的感觉是让我对此深信不疑。我后来写了印象记《行走在北方》来表达这种信念。

那之后，葛水平的创作势头持续强劲。不断有新作发表、新书出版，获奖无数、好评无数。为她高兴的同时，我不免想，她会不会把持不住，会不会飘飘然呢？一个文人，尤其一个女文人，应该有这种特权的。人生得意须尽欢，过了这村就没这店了。然而，果真那样，葛水平就不是葛水平，而是我这种浅薄俗物了。尽管她也很清楚"人活着就该是来世上扬名的，人一生只是为了炫耀而活着。从古到今，有很多人前仆后继地探寻和追求梦想",但"只是我更喜欢旧时代。"

葛水平以她特有的沉静和从容,一如既往地行走在北方。

沁河,三晋名水,黄河支流,发源于葛水平故乡沁源县。葛水平"沿着它的源头寻着它走",一路在想,它魅惑了天地两界。更主要的是魅惑了我……我是否要追随一条河流流浪下去,在白与黑的交接中,做一个河岸初始的人,一个简单的人,爱,或者走,在岸上打坐,在河道放牧,等月亮落入梦中……天空,把花魂揉进去的云朵给我神秘,给我引领。空气绝对新鲜和纯净,声音的穿透力特强,不知名小鸟的啁啾遥远了一切,透明了一切……一条土路被水漫过,人走在水路上,两行杨树形成密匝匝绿色拱道,在一个马蹄形的缺口前水流分开到两边山脚下。"源"由此而出。

一阵剧烈的清澈刺进骨髓:我活过了多少年?我何时学会过俯视脚下的这片土地?它洗净了我的心肺,重新焕发一个新的我……每个人的出生地都会有一条河流过,一条河养育了子孙万千福分。

然而,"走近河流,我才明白,城市已经填充了我这一生,我再也听不到黑鸟弦响般的鸣唱。我顾盼,我神伤,我已经忘恩负义!"

让葛水平神伤的并不只是她自己。

车开入河道，卵石高低起伏，青草填补缝隙……源头的河床这么宽，那是常年流水落下的影子……一群羊恰似河的洪峰滚出山间……河道里，连它想卷起的土尘都没有，它孤独得只能同自己的影子搏击了。放羊人说："看着是河的源头，却使唤不上水。"

放羊人甩开鞭声，鞭声坚硬而空旷。

沧海变桑田，有谁知道我们失去了什么？

粪蛋蛋落在草丛间，葛水平索性躺下。一首儿歌让她满眼热泪："小闺女，快快长，长大嫁给洋队长，穿皮鞋，披大氅，坐上飞机嘟嘟响！"文明洋溢着天生逼人的高贵。"我活在了电子时代……我尽量不愤世嫉俗，然而，我明白最简捷的办法是死去。很绝望，我已经喜欢上了河水的清澈！"

沁河岸边的村庄，水街有着隐秘的从前。迤逦于自然的河流形态，端庄来自两旁的老旧建筑。曾经的风情气韵激荡……拖拽着明明灭灭的故事……水流声里一条条生命游动，性急的孩子不等伏天早已光溜溜跳进了河水。岸上的女子，手臂如凝脂，脖颈如玉兰。充满烟火气的大院……人坐在廊棚下听雨，猫啊狗啊的。一巷子蛙鸣浮起来落下去，月升月沉。而今，灰黄墙壁夹出一路青苔，漏出一枝绿树……当村庄将一个人带回从前……你可以去交往，去拜神，巷子的长度是你满足的长度。

隐于历史繁华深处的村庄的小巷是幽寂的。

几乎有了一种悲伤：欲望把日子翻得断了线了。人在诱惑、在生存原则的逼迫中现代化，时间酿就的泅黄的旧时代，再也拽不回曾经的繁华。

长篇小说《裸地》没有动笔之前，葛水平就这样走过无数的村庄，有过无数的无奈和迷惘。她看到时光的走失竟然可以这般没有风吹草动，一座村庄的经脉曲折起伏，难道只能是记忆了吗？"人不知敬畏和尊重，欲望让人手忙脚乱了，不知土地的元气都顺着欲望的荏口跑了。当土地裸露的时候，人的日子都过去了。"

但她一时不能够确定写它什么。她以作家身份在一个县里挂职，第一次下乡，灵光忽然闪现。那次她遇见一位早年从山东逃难上太行山的老人，老人跟她说：我爷爷挑着担子上太行山，一头是我奶奶，一头是锅碗家什，出门时是大清国，走到邯郸成了民国。这句话让她陡然清醒，"一个掰扯不开甚至胡搅蛮缠的想法闯入了我的脑海"：就写村庄，写那些生命和土地的是非，写他们在物事面前丝毫不敢清浊不分的秉性，写他们喝了面糊不涮嘴的样子，写他们铺陈在万物之上的张扬，写他们对信仰的坚守，执着守诚！什么叫生活？中国农民与土地目不斜视的狂欢才叫生活。

"一片田野打开了我的四季画面……能入了文字的人物，都有自己的锋芒……写一个男人，一生都行走在路上的寻找，他清楚日头翻越不过四季的山冈，却要用生之力搏那认定的山高不过脚面的希望；写一个女子、几个女子，走过青石官道上留下的弥久清香；写一个村庄街口的老槐，那粉细的红绿花朵……那些在土地上忙碌着的人影诗意盎然。但人不可能舍却作为背景的生存而活着，不会像河流那样默默放弃所有，克制欲望。人生而自由，却无往不在枷锁之中。那一份必定要背着的邪恶让人性投向了深褐色的黄土。"

召唤的声音和气息是如此强烈，强烈得犹如远去的父亲的招手，"我知道我必须即刻上路了，要沿着一道迢递之路走进那些往事。我要尽一个世俗人的眼光来写他们，'世俗'是我的命中注定！"

葛水平的处女作是《甩鞭》，一个嫁到窑庄的女人寻找幸福的故事：故乡年节，穷人家买不起鞭炮，穷人也是人，也要听响儿。一堆篝火，一个甩鞭人，男人指节粗壮的铁黑色的大手，一杆长鞭在月亮即将退去的黎明前甩得激扬；一个女人去想那长眉浓烈似墨，张开的大嘴吼出威震山川的期待。生命的春天，一切都因为那鞭声，那一声心尖尖上的疼。一想到这些，"我的胸口就会有一口酸泛出来，我的故乡对天地的爱如此大气。故乡的女人不屑去爱一个白面书生，爱到老，依然会扯着皱褶重叠的脖颈仰望那一声撕裂的鞭声。爱和坚守都与山河有关。"

从《甩鞭》到《裸地》，葛水平一以贯之。

"文学作品是在众生云集裸露真情的地方成长起来的。""我在路上，我的出生，我的亲人，我的朋友和老乡，他们给我他们私密的生活、让我泪下的人生，已经成为我挪不动步的那个'数'，我不能不陷进去，活在他们中间我真实。"

乡土，质朴而博大的乡土，是葛水平的宿命。

在一个以"产业化"为文化政策导向的时代；一个指望莺歌燕舞、插科打诨安抚社会神经的时代；一个用"富豪榜"评判作家优劣的时代；一个无需学问只需嘴皮子，甚至代笔、抄袭即可风靡天下的时代；一个连阅读也功利化的时代；一个连语文教学都边缘化的时代，有人问葛水平，作为乡土小说作家，你会不会有失落感？如此现状会不会影响你对认真的乡土小说写作的坚持？

葛水平的回答很简单：土地上长着一颗庄稼就会给乡土作家希望。之前，她就说过：我从一开始创作，决定的两个字是：坚持。

葛水平的坚持文学，选择了北方，选择了乡村。她像她笔下那些人们一样，活在北方的泥土、水和空气里。

多年前跟父亲在坡地上刨红薯，一提一大串，大大小小，阳光下诗情画意般地回头，那些红薯的藤蔓柔软而坚韧，红的茎绿的叶，在天黑前他们挑着它回窑。那些清晰连贯的画面，在眼前彰显着逝去的欢快与悲伤。"我不能够放弃我的村庄，我一生要支付给它们的是我的文字，我的文字有土地给我的温暖，有我姓氏给我的亲缘。那个紧扣在山腰上的村庄，所有的曲折，因为生命获得了灵魂，也因为生命，裸露出了苍凉。"

也许正因此，葛水平对城市、对时尚骨子里不无抵触甚至偏执。她说她进入任何一个城市都没有方向感……心像挂在身体外的一颗纽扣，没有知觉。只有回到北方，哪怕听到简单的方言，心才会安稳下来，会宽舒地吁一口气，重新找回踏实的自信。她想要告诉来自乡村的女孩，再好的爱情也不及乡下的那个家。掺杂着海棠花的土尘里的爱能延伸成一座村庄。"简单说，乡土爱情来自泥土，都市爱情来自酒吧。"她偏好民俗和史志。一身装束满是乡村元素，就像个活动的民俗博物馆。尽管她承认网络是数得着的一个时代进步，但是，她断然说：不喜欢网上阅读。

"一切意味着我已经离不开我的习惯，意味着对我漫长的骚动生涯的肯定。"

这是一种生活姿态，也是一种文学姿态。与别的生活姿态和文学姿态相比并无高下。我们能够从中看到的只是作家的价值和审美的取向，及其给写作带来的色彩。但对于葛水平，北方的乡村和土地却有着决定性的意义。绝对是一种绝对的优势。

"生活无所谓新旧，只是一种流动，一种景致，被看到了，就要穷尽这些感受，揭发出其中深入到今天乃至今后时代的那些有生命力的东西。"

葛水平遣词，"繁华"频率颇高。且随她坚实地行走，去领略她带给我们的一处又一处繁华和一次又一次惊喜。

（2014年）

刘兆林：快乐旅程

自小至今，我一直对军人充满了敬畏，总觉得在那种象征铁血的制服里面，是一种比自己优越得多的人。这样一个人，同时又是著名作家，在我看来，简直就高不可攀。1984年春，在南京开会，同几个人饭后散步，迎面遇到几个同样是散步的人，其中一位很认真地跟我握手。之后，同行的人告诉我，那是刘兆林。我不由一惊，耳边登时响起索伦河谷那一阵惊心动魄的枪声。

兆林当时穿的是便服，他说话的轻言细语也让我一点没有面对军人的感觉。即便如此，那依然是我兴奋不已的一天，手上时时感到那认真的一握。

后来听说兆林离开了军队，我暗中有些为他遗憾。后来见面多了，又觉得兆林还是不当军人的好，首先是我与他接触少了一道敬畏的屏障，另外，我无论怎么看，都看不出兆林哪儿像军人。

　　我与兆林远隔千山万水，见面只能是在跟文学有关的会上或采风活动的时候。

　　兆林温和、低调，跟谁说话都轻言细语，最给我留下印象的是他的细心和周到。

　　文学采风，车子在戈壁滩一跑一整天，主动抓起话筒，不时给疲惫不堪的一车人找乐子的总是兆林。兆林说任何笑话都永远是娓娓道来，并且自己永远不笑。眼睛专注地看着自己鼻子下面的话筒，一脸天才在思考的凝重，仿佛回忆一件遥远的性质严峻的往事。一车人笑得前仰后合，沸反盈天，唯他是中流砥柱，冷若冰霜。等大家笑停当了，他才"嘿嘿"地陪着干笑几声，似乎不这样就对不住大家。

　　现成的故事讲完了，他就拿同行的人作材料现编。这样做其实有点冒险，我在一边看着不由为他捏着一把汗：一车人是临时从全国各地凑到一块的，一时半会的谁对谁都不知根知底。尤其座中有一二矜持女性，就更不好办，绕开她，有可能被视为故意冷落；不绕开，又无法判断其承受力。遇上一个小性的，没准就闹出一些没法解释也没法消除的不愉快。但兆林总能拿捏得体，即便是给一位一直闷声不响、让人觉得没法捉摸的人起了一个听起来怪怪的绰号——怪得引起哄然大笑，也让被打趣的觉得像是一个荣誉称号，先前紧张皱眉的脸上很熨帖，像有一只熨斗仔细地熨过。

讲到搜肠刮肚、唇焦舌燥的时候，他就会一一点名，让大家都出点力气。这时候我是最尴尬的。我不会讲故事，尤其不会讲笑话。理论上我知道，讲笑话先要层层铺垫，步步深入，声东击西、欲盖弥彰，把大家渐渐引入圈套，在人们注意力最集中的时候突然抖开包袱。但我话刚开头就已经想到了结尾，自己先笑成了一团，喘不过气来。等到好不容易结结巴巴把笑话讲完，才突然发现，除了我自己，所有人全都一脸疑惑。忽然有个人打破沉默说，让你讲笑话啊，你笑什么？我声明我的笑话已经讲完，竟没有一个人认账。下回再遇到这种事，我就只有求救似的看着兆林。兆林则肯定再不会让我为难。

采风过后，兆林往往有洋洋数万言的记录文字发表，我读了很是惊讶。许多的细枝末节，我们早就没心没肺地丢到了九霄云外，兆林却滴水不漏、锱铢不遗地一一收藏着，妥妥帖帖。最感动人的是，所有那些人们在不经意间流露的言行，经过他细针密线的整理，再表达出来，竟是那样充满了人情的温暖和隽永的意义，让每一次快乐旅程都变得那么难忘。

一群人中有了兆林，给大家带来快乐最多的肯定是兆林。但兆林的活跃却不是那种喳喳呼呼式的，而是深思熟虑的，从容不迫的。他说话甚至有几分腼腆，脸微微发红，偶尔一笑，有点像爱情中的女孩。我很快就领教了他性格的另一面。

那年中国作协在昆明开会，会后有位朋友创造了一个去泸沽湖的机会，邀请名单里有兆林。从昆明坐飞机到丽江，从丽江到泸沽湖还要坐七个小时的汽车，去一趟很不容易，特别是对于远在辽宁的兆林。兆林自然是高兴。却在临行的前两天突然接到单位的长途电话，说是上级有关部门要召开一个小型会议，时间刚好是这边整个泸沽湖访问日程结束回到昆明的第二天，兆林如果搭早上的航班从昆明飞沈阳，中午后就能抵达。只要请那个上级部门把原定上午的会挪到下午，问题就解决了。兆林当时就是辽宁作协党组书记，提出这样一个请求，应该不算过分。但兆林说，不成，不能因为我一个人耽误大家的事。全没有商量余地。

那次，我清清楚楚地感到了兆林柔性的外表下面透出的骨子里的坚硬，那正是一个军人的原则性和责任感。我忽然发现了自己识人的浅薄。

之后，我读到兆林记叙身世的散文，不久前又读到他的《不悔录》，深所触动。兆林其实是一个心思缜密，多愁善感的人。他有常人都会有的愿望，却永不会为此伤害别人；如果受到别人伤害，他会悄悄找一个角落去舔伤口。一有机会，他总是想着给别人带去快乐，决不会像我似的总是我行我素。而且他带给人们的远不只是快乐。有了他，一群不相识的人会成为一个整体；倘都像我，一个整体也会是一个个个体。然而兆林的快乐底下，却隐忍着只属于他自己的深刻的忧郁，只是不细心不容易看出。

跟兆林的交往，也是一个快乐旅程，就像每一次由兆林带来无穷笑声的那些文学采风的旅程。因为更多地知道了兆林，我也就更多地知道了这快乐有多么可贵。

（2015年）

吕雷：好得"可恨"的人

　　最初接触吕雷是在1993年。那年8月，中国作协组织了一帮不同省份的作家沿河西走廊采风，吕雷和我都在其中。那时候有几句话：北京人看所有外地人都是草民，上海人看所有外地人都是阿乡，广东人看所有外地人都是穷鬼。作为一个生活在"老少边穷"地区的人，我对来自"改革开放前沿""先富起来"的广东人怀着一种莫名的嫉妒和自卑，这偏见让我一开始极力疏远他。但我很快就发现了自己的促狭。吕雷完全没我成见中的铜臭和优越感。相反，也许因为是唯一的岭南人，在我们这群"北佬"中有一点落寞。嘉峪关上，他主动邀我合影。塞外炽热的阳光下，年轻的我们笑得很傻。他一脸的纯朴，像个大孩子。

　　回家后我从资料上知道，生活在富裕地区的吕雷，最富有的是写作。他的《海风轻轻吹》《火红的云霞》连续获1980年、1982年全国优秀短篇小说奖；中篇、长篇、散文、报告文学、电影和电视文学剧本获多种全国奖。在广东新时期作家中是继孔捷生、陈国凯、杨干华之后最有代表性的作家。

我不是个善于交际的人，甘肃别后我们疏于音问。偶尔听说吕雷在人前对我的某篇不足挂齿的小文章多所褒奖，虚荣心颇满足。老婆是人家的好，文章是自己的好么。

真正密切的交往从几年前开始：退休，我投靠了在广州安家立业的独生儿子。吕雷的热心给了我特别的温暖：退休后他买了辆新车，把邓刚从大连邀来开车，让刚来广东的我跟着他们在广东、海南兜了将近一个月；之后，怕我寂寞，他不时领上我去打朋友的秋风，唐栋、李兰妮、张梅的饭局吃了一遍又一遍。我很不好意思，说要做一次东，他立刻制止：不必，你是客人；看我拿着低水准的工资在高消费的广州过日子，他积极给我揽赚外快的活——讲课、作序、给企业写传；又一趟趟找官员、一遍遍写报告，张罗工作室之类，以使我能有一种体面的方式融入当地的文化圈子……

做所有这一切的时候，他是那么认真而执着。不论我怎样声明一向温饱足矣，唯喜清净，恳请他别劳神费力，别打扰公务私务繁忙的官员，别担心我会饿死在广东街头，他一句也听不进去，依然故我，锲而不舍。

吕雷对人的好并非自我始。邓刚不止一次与我说起他在中国作协文讲所第八期的同班同学吕雷，感慨万千。说吕雷怎样受一位并无深交的西北作家委托，去救助这位作家偶然洗脚认识的一个女孩，一而再、再而三地几乎是大海捞针一样在一片蜂巢般的城中村租屋里寻到这个完全与己无关的女孩；说吕雷怎样被一位朋友欺骗，而这朋友一旦陷于危难，他依旧疲于奔命、四处求人救之于水火；说吕雷辛辛苦苦跑来港商赞助让单位在闹市中心买下了建办公和宿舍用房的地皮，房建好了，却没有他什么事，依旧同老父挤在20世纪50年代的福利房里；说吕雷受委托邀请名家做宣传，有的自我感觉很名的名家吃了喝了稿费拿了，末了说：我来就是对你们的支持，文章我是不写的。主办方心里不爽，吕雷自然最尴尬。但是下次组织这类活动，他还会邀请这名家；说吕雷帮助过的有些人后来恰恰伤害他最深，但吕雷却从不记仇，更不接受教训……说这些的时候，邓刚每次都脸红脖子粗，连作恨声，咬牙切齿：简直就是不可理喻，简直就是好得可恨！

吕雷的认真执着，有性格的原因，更基于他品质的纯粹。跟他交往这么多年，无论公开还是私下的场合，从来没有听他说过任何人的不是。像我这样情趣低俗的人开玩笑过了头，他最多说一声"也不知道难为情"就算重话了。他有极好的家庭教养。父亲刚进城时就是一个城市的主要领导，一生从不向国家伸手。退休了，唯一参加一次老干部出国游，去了一趟法国，一个人在巴黎公社墙前，右手握拳，高举过头，唱完"英特纳雄耐尔就一定要实现"就回到宾馆等待返程回国。吕雷几乎是他父亲的翻版。某年在重庆开会，休息期间别人都到处游逛，吕雷照父亲的嘱咐独自去了歌乐山，给父亲几位老战友墓地献花。在中国作协开会，听他发言，就像听报上的社论，义正词严。那次与邓刚三人行，在大学谈文学，邓刚是一贯的妙语连珠，我因为写作乏善可陈，只能拿我仰慕的名作家的轶事搪塞，吕雷则从怀里拿出一大叠早已准备好的讲稿，脊梁挺直，目光如炬，不时拍案，声调铿锵："作为一个作家，如果我们不拿起笔把这个时代的历史形象地记录下来，那我们恐怕很难对得起作家这个称号"，"在我看来，文学仍然要给读者以希望，点燃他们心中的梦想，促使读者上进，这是作为一个文学家不可推卸的社会责任"，云云，让包括我和邓刚在内的满座听得一愣一愣的。去年，参加完陈国凯的葬礼回家不久，他突发脑溢血，好不容易抢救过来，刚能在夫人的陪伴下步行，记忆和语言能力尚未完全恢复，听到张贤亮去世的消息，他不顾"静养期间禁止脑力活动"的医嘱，执意写悼念文章；之后接到中国作协召开主席团扩大会的通知，又执意让夫人护送他赴京开会，不能坐飞机就改乘高铁。对我的仅仅因为家务就请假，他颇为遗憾。他去京的第二天，我给会上的刘兆林去电话，得知他不但安然参会而且担任小组召集人平平安安地主持了讨论，一颗悬着的心方才落定。

今年元旦一早，我给他家去电话问候新年好，接电话的是他夫人，我做梦也没有想到，十天前，他再度爆发脑溢血，送进抢救室就一直昏迷不醒。医院不许探视，只能在监控视频中看十分钟，我想大难不死必有后福，吕雷上次已经跟死神打过一回照面了，这次也一定能缓过来，打算过两天去见清醒的他，听他再次摆脱死神的结结巴巴但一定不无快慰、甚至有些得意的声音。他是那么热爱生活，有一次听我说懒得体检，他盯住我，正色说，为什么？多活几年不好么？他的生命是那么顽强：有名有姓的人物就多达上百人，从"黑道"到"白道"，从境内到境外，从官商到民企，从太平洋此岸到彼岸，从股市到楼市，从商场到官场，从中央到地方，从京官到村官。全方位展现了珠三角地区创业的艰辛和创业者的酸甜苦辣的他的扛鼎之作《大江沉重》刚开了个头，他就病倒了。在心脏上装配了两个钛合金制作的人工瓣膜，安静时听着闹钟一样的响声，他又投入了写作。这部调动了十多年几乎所有生活积累的长篇小说出版，被评界指为同类题材中的突破性之作，是广东近年来长篇小说取得的最好成绩。接下来，一部探索广东百年风雨、崛起为改革开放一方热土的政论著作《梦寻国运》写出了几十万字；一部反映粤港澳经济合作历程的长篇《钻石走廊》完成提纲；反映水上人家百年变迁的长篇《疍家大江》也纳入写作计划……

元月2号上午11点，忽然接到吕雷女儿吕丹的短信：

"我父亲吕雷因脑出血，并发其他器官衰竭，昨晚八点十分走了。因为一直昏迷，整个抢救过程他没遭太多罪，走得很安详。父亲一直以来都很珍惜您的情谊。万望珍重！"

善良，正直，真挚，诚笃，热心，忠厚，这就是吕雷。

这样一个人永远地走了，除了留下多部鸿篇巨制的提纲和开篇文字，给他善待过的人留下了永远的怅惘；给伤害过他但良知尚存的人留下了永远的愧疚。

好人吕雷，好得"可恨"的吕雷，一路走好。挽幛一联为兄送行：

海风轻轻人远去

云霞霭霭魂犹存

（2015年）

第二辑

《老子》札记（三则）

一、"道可道，非常道；名可名，非常名……玄之又玄，众妙之门。"（一章）

这里是一个古代哲学家进入入静状态，在冥冥中沉思，以直觉感悟深邃、神秘、微妙的"天地之始，万物之母"的形象。

一个外国人写道：中国道家对自然的观察和对道性的揭示所获得的一些深刻洞察，为现代科学理论所证实。东方神秘主义思想，受到现代西方注目。他们发现，现代物理学概念与东方宗教哲学表现出来的思想具有惊人的平行之处。甚至认为，东方神秘主义思想为当代科学提供了坚固、合适的哲学基础。

这种相隔数以千计岁月而各自产生出来的思想所达到的平行，令人震惊。于是西方出现对东方古文明的追寻热。被东方神秘主义吸引的人向《易经》求教（顺便记起，不久前在南斯拉夫，他们问得最多的是关于《易经》的问题），实践瑜伽术以及其他东方形式的反省。诺贝尔物理学奖获得者，著名丹麦科学家玻尔被国家封为爵士时，选择中国的阴阳太极图作为他盾形纹章的主要花纹。

因此，在我们中间出现了惊喜和自豪。

然而，我们都不能不十分冷静地正视这样一个事实：在看取传统的思想财富时，我们和现代西方的思维立足点所处的不同层次。

现代西方对东方文化渊源的发现，以及由这种发现引起的思维复归，是经过了科学洗礼的否定之否定。他们通过运用高度精确的科学手段，对微观世界进行了极其深入的探索，揭示了亚原子世界超越语言和推理的实在，才认识到仅仅凭藉测量与定量化，分类与分析在现代科学中的局限性。因而洞察东方的某些核心教义，并把它们同自己领域的经验联系起来。这是科学的进步。

老子的思维，虽然充满了辩证法因素，有其符合客观事物实际的一面，但毕竟是处在原始朴素单纯的状态，是以直观、模糊的方式来理解自然，以抽象思维包容一切，不受公理逻辑论证规则的制约，缺乏对自然界现象和事物作具体的解剖和分析。所谓"玄之又玄"，与其说是理论上的神秘，不如说是认识上的模糊和叙述语言的拮据。老子自己也说："道之为物，惟恍惟惚"，"吾不知其名，字之曰道"（二十五章）。这种在生产力水平极低下的基础上建立起来的思维方式，长期以来成为对构造正确科学理论的阻碍。

认识到这个事实是不愉快的，然而是必须的。以拥有传统的思想财富为满足，以为不必寻求我们思维模式现代化的现实道路，只能是一种历史的懒惰主义。倘若更有甚者，以为既然西方都已视现代技术为邪恶，转向东方式的精神解放道路，我们便似乎真的可以"绝圣弃智"（十九章），"无事而民自富"（五十七章），那是一定要吃大亏的了。对我们来说，恐怕最要紧的还是把十分沉重的历史包袱先放下来，只带上那些值得带上的东西——其所以值得带上，是因为它有助于我们理解和接受人类文明的最新成就，迅速摆脱迷惘和徘徊，大踏步地赶上现代生活的进程。

二、"……使之复结绳而用之……邻国相望，鸡犬之声相闻，民至老死不相往来。"（八十章）

这也许是最早用理论语言表述出来的复归思想了。

老子之后的庄子走得更远：

"同乎无知，同乎无欲，同与禽兽居，族与万物并。"干脆主张人们取消智能，取消社会性欲望，与禽兽为伍，同自然万物化为一体。

这种社会史观出现之时，已经有了初步成熟的科学和艺术。然而，"五色令人目盲，五音令人耳聋，五味令人口爽（伤）。"（十二章）"天下皆知美之为美，斯恶矣。"（二章）文化的产生和发展看来真是罪莫大焉。

老庄生于乱世，目睹天下利害相争，说出一些激愤的话，企图以遁世避俗而超越现实，并不难理解。难于理解的是后人，尤其是今人对这种历史的迷恋。

由此想起当今文坛上的"寻根"说。

"寻根"说呼吁寻找一个民族、一个地域文化的源头。从对历史积淀的挖掘中认识一个民族、一个地域的文化和心理的形成和流变，从而使当代文学的发展获得一种深蕴在传统中的活力。寻求是为了发展，回顾是为了现实和未来。正是在这个意义上，我喜欢李杭育的小说，给历史的沉积以鲜明的时代关照。我还喜欢《小鲍庄》和《远村》。前者以清醒的现代文化意识提示文化蒙昧的现实；后者则在对几乎保守着原始面貌的心态的描写中发出变革的激愤呼喊。

然而，听到另一种议论。这种议论根据所表现的题材把当代文学分成四个等次：改革小说；社会问题小说；道德伦理小说；文化小说。以"文化小说"为当代文学之冠，最低级的是"改革小说"。

文化小说——姑不论这个定义是否精当——之所以取得这种地位，据说主要在于它有最深厚的传统文化色泽。其人物，往往是化外之民，保留着《楚辞》中记载的口语；其环境往往是旷古幽闭之地，不知有汉，无论魏晋；若写现实，便人去人来，不知所由，偶留踪迹，即如烟逝，空以至无。连遣词造句，也极力拟古。因为这一切，而得到许多人，包括大方之家的盛赞，以为有最高的审美以及传世的价值。

当然不能用一个简单的判断来评价这种努力的是非得失。开放的时代应该是一个多样化的时代，而文学艺术是最有权力多姿多态的。问题在于，把对民族传统的轻视反拨变成对现实表现的轻视，把"文化小说"之外的小说都从文化中开除出去，那就清高得有些可以，而至于粗暴了。以最低档次（姑遵上述分类）的"改革小说"论，原是不可能不包含社会问题，道德伦理问题，以至它本身就不可能不是一种文化现象的。作家的才华、作品的艺术自有高下优劣之分，以题材划分等级则完全没有意义。偏爱传统，而至于迷恋，而至于食古，固无不可；从活生生的现实生活中，从现实生活的各个侧面、其中必然包括居于社会矛盾中心地位的变革中直接获取审美表现的源泉，未必就只能受到鄙薄。恰恰相反，文学的最热烈、最丰腴、最有活力的生命，正存在于最新鲜的现实当中。我们所以在"楚之骚，汉之赋，六代之骈语，唐之诗，宋之词，元之曲"（王国维《宋元戏曲·序》）之后，在中外无数不可逾越的文学高峰之后，还敢于写作，就因为我们不仅拥有历史的巨大遗产，还拥有的历史巨人都不具有的另一笔巨大财富——现实生活。

使当代文学发展成为可能的主要因素，不可能是传统思维方式的溯古的相似性，不可能是审美观念的复归，恐怕更重要的是以未来学的眼光直面现实。

三、"三十辐共一毂，当其无，有车之用。埏埴以为器，当其无，有器之用。凿户牖以为室，当其无，有室之用。"（十一章）

老子提出的"无"，作为一个负概念，给一部哲学史带来许多引人入胜的篇章。

政治上，以"无""无形""无物""无状"这些否定性的词描述的"道"，发展成帝王的南面之术。

　　而历来的文学家、艺术家则从中发掘出美学的意义。

　　十分富于意味的是，以儒家为正统，以道佛为补充的中国思维传统对科学的发展造成了不利影响，但对哲学、艺术、美学的发展，却不能不说起到积极的作用。

　　"天下万物生于有，有生于无"（四十章），"渊兮，似万物之宗"（四章）。显然，这里的"无"并不是绝对的"没有""不存在着"，而是万物的根本，万物的源泉。

　　老子之前，《周易》有类似表述："天地氤氲，生化万物。"

　　苏辙有一段话可以看作十分生动的描述：

　　"……若真空，则犹之天焉；湛然寂然，原无一物。然四时自尔行，万物自尔生，灿为日星，翁为云雾，沛为雨露，轰为雷霆，皆虚空生。"（《论语解》）

　　在老子哲学的这个"无"的范畴里，充满着生生不已的创造力。所谓"大音稀声，大象无形"（四十一章），并不是没有"音"，没有"象"。"大音者，不可得闻之音。"这里要求的是全部身心去觉悟浩茫宇宙之间，混沌万象在不言中的消息和律动。

　　后人加以阐发，使之为艺术创作所用。

　　西汉《淮南子》作者刘安说：

　　"夫无形者，物之大祖也；无音者，声之大宗也……是故视之不见其形，听之不闻其声，循之不得其身。无形而有形生焉；无声而五音鸣焉；无味而五味形焉。是故有生于无，实出于虚。"

　　从有限、有形感知无限、无形，又从无限无形回到艺术创造的有限、有形。于是有了"虚实相生"说，"境生象外"说。"意境"成为中国艺术重要的审美范畴，形成美学传统的特色之一。

　　"空白、虚实、含蓄，是中国艺术的最大学问。"（李可染语）

　　这样的例子不胜枚举：

　　"南宋四家"之一的大画家马远，多作一角，半边之景，遂有"马一角"之称。齐白石略事点染，几只小鱼小虾，便使人觉得满纸江湖，烟波浩渺，生气盎然。"虚实相生，无画处皆成妙境"。

　　文学也一样。"古人为诗，贵于意在言外，使人思而得之……如'国破山河在，城春草木深。感时花溅泪，恨别鸟惊心'。山河在，明无余物；草木深，明无人矣；花鸟，平时可娱之物，见之而泣，闻之而悲，则时可知矣。他皆类此，不可偏举。"（司马光《温公续诗话》）因而清代文论家刘熙载说："律诗之妙，全在无字处。"

这里面充满着艺术的辩证法。

我体会到其中的两点要旨：

1.行文的空灵感。"文到入妙处，纯是虚中有实，实中有虚。"（明·金圣叹语）

2.想象的空间感。"即不如离，近不如远。和盘托出，不若使人想象于无穷耳。"（清·李渔语）

对于我那些泥实、拘谨的创作文字，其意义实在是太大太要紧了。不能从历史的纵向，现实的横向和文化的深层设置广阔的环境，创造多层次，多姿态，多氤氲的艺术氛围，才情所限固然是主要原因，修养的不足也是不能忽视的。

（1987年）

孔子与当代文学

一

孔夫子起先并不走运，《史记》上说："孔子明王道，干七十余君，莫能用。"自汉武帝"罢黜百家、独尊儒术"，孔夫子才神气起来。历经各代封建王朝的提倡尊崇，孔子被封为"道冠古今"的"大成至圣"和"德配天地"的"万世师表"。儒学作为官方哲学而经久不衰。孔夫子作为人间楷模和神圣偶像而备受崇拜。孔子之后，儒家学说历代相传，硕学大儒，绳绳相继。以孔门弟子自命，对儒学经典的阐发者、弘扬者林林总总。

孔夫子趾高气扬了差不多两千年，到了近代，其神圣不可侵犯的地位终于动摇。西学东来，首先冲击的就是这尊法定圣人偶像。"五四"运动更是凌厉明白地提出"打倒孔家店"，视孔夫子为千年封建思想文化荼毒的罪魁祸首。此后，尽管尊孔复古仍不乏其人，且不乏有权力有权威的人，但孔夫子的八面威风却断难恢复。

时至今日，中国的革新大潮涌起，中国进入文化转变期。经济改革和体制改革不断向深层发展的一个必然结果是兴起了"文化热"。一个文化运动或重视研究文化的思潮的兴起，必然包含有对自我的传统文化进行反思和再估价的内容。于是，孔夫子很自然地又成为一个瞩目的讨论对象。

本文的意图，是立足于当代文学创作及其批评的实际，对孔子文艺观作一些肤浅的探讨。当代文学中那些长期以来被视为"正统""主流"的部分，又一次面临西方文化和国内新批评思潮的严重挑战，它迫使人们不能不对传统艺术及其观念进行认真的历史反思。

二

孔子处于"春秋乱世"。奴隶制趋于解体，封建制开始形成，新旧交替，方生未死，孔子的文艺思想，是在这个社会变动过程中形成和发展起来的。

孔子有伤于民若陷泥堕火的现实，希望凤鸟至，河图出

（《论语·子罕》以下仅注篇名），出现唐尧虞舜夏禹那样的大同世界，为此他周游列国，奔走呼号。

孔子疾恨世间无道，感叹："朝闻道，夕死可矣"（《里仁》）。在他理想的有"道"的世界里，"老者安之，朋友信之，少者怀之"（《公冶长》）。

孔子提倡诚信好学，与天下为善，反对与世俗同流合污。"笃信好学，守死善道，危邦不入，乱邦不居。天下邦有道则见，无道则隐。邦有道，贫且贱焉，耻也；邦无道，富且贵焉，耻也"。（《泰伯》）

孔子不满夏末、殷商、周朝以及诸侯列国的"兄终弟及""父死子继"的世袭制度、攻击那些无德无才无术的世袭执政者的荒淫暴虐，说他们的"苛政猛于虎"。针对这种弊害，提出"学而优则仕"，主张有学问、有识见、有才能的正直之士管理天下。孔子之后很多年，自隋开始实行的科举制尽管有无穷弊害，但在最初却反映了某种公正。以至黑格尔称赞中国的科举制优于西方的贵族世袭制。

孔子的学生阳货主张"主贤明，则悉心以事之；不肖，则饰奸而弑之。"这个思想，孔子也是同意的。鲁国大夫季氏的家臣公山弗扰跟阳货在费邑反叛季氏，召孔子去，老夫子也打算去，说："夫召我者，而岂徒哉？如有用我者，吾其为东周乎"！（《阳货》）颇有"乱党"的嫌疑。

孔子的人生哲学和政治主张，决定了他对文艺的见解。在他那个时代，无论是诗歌理论或是诗歌创作，都在继承的基础上向前发展了。"赋诗言志"早在春秋中期亦即孔子出生前百余年就见于记载了。诗歌创作，特别是民众编唱的歌谣，到周代更是盛况空前。《诗经》以其创作实践处处体现"诗言志"，立于道德，辅拂时政，怨刺积弊，男女相爱等到处可见。具有远大政治抱负的孔子，不可能不受到这种"诗教"的影响，并由此提出一些重要的理论主张。

三

应当说，孔子的思想不是哲学，而是伦理道德学说。如果一定要称作哲学，那也不是古代西方哲学那种对自然的抽象思辨为中心的"智者哲学"，而是从伦理道德问题上来探讨研究治理社会的"贤人哲学"。孔子建立的是"仁学"，即以人的道德概念为中心的儒家伦理道德思想体系。他所注意的头等问题是道德问题。倡导从"仁"出发培养道德情感。使人的思想行为符合"礼"的要求，以适应社会的规范。"修己以安人"，"修己以安百姓"（《宪问》），形成对人、对社会、对国家的责任感与使命感。所谓"志于道，据于德，依于仁，游于艺"（《述而》）、"兴于诗，立于礼，成于乐"（《泰伯》），即是说，以"道"为志向，"德"为基准，"仁"为依据，"诗艺"为宣传工具，以《诗》激发志气，按照《礼》的规范树立德操，以音乐陶冶性情。这些，便是孔子文艺思想的核心。

孔子主张"弟子入则孝，出则悌，谨而信，泛爱众而亲仁。行有余力，则以学文"（《学而》）。由家而至国，由"亲亲"而至"尊尊"，由家内之化而至社会纲常，在孔子那里是联成一体的。居首位的政治同居次位的"文"是不可以分开的。这里的"文"当是指六艺而言。要在政治上有所作为必须精通反映和论述政治的六艺，由此精通和掌握先王典法，也就有了为政的雅正之言了。诗、礼、乐之于政治是相辅相成的。不学诗，无以言，不学礼，无以立。诗即乐章，乐随礼行，既学诗礼，乐以成性，融和一统，完成政治事业。孔子在对学生讲述"为政"的问题时着重指出："诗三百，一言以蔽之，曰思无邪"（《为政》）。这代表了孔子对《诗》的全部内容的看法和概括。诗可以帮助政治纳入"正"轨，杜绝"邪"，这是孔子诗艺的总的观点。

"小子何莫学乎诗？诗可以兴，可以观，可以群，可以怨。迩之事父，远之事君；多识于鸟兽草木之名"（《阳货》），孔子此说，对诗要反映现实，要为政治服务，诗有社会功能等问题，阐述得非常明确。《诗》反映了社会生活，可以使人受到启发，感发意志；《诗》是诸国风俗盛衰的反映，可以使人考见得失，观古知今；《诗》有如切如磋的内容，可以使人善于群居相处；《诗》有君政不善的讽喻，可以使人明怨刺，知政事；学诗可以用来"事父"和"事君"；学诗还有增加动植物学知识的作用。由此，相戒之道，父母之理，君臣之法，诸般政治内容和人生事理，都在其中，可说是无所不能了。

孔子曾经这样教训他的儿子："女为《周南》《召南》矣乎？人而不为《周南》《召南》，其犹正墙面而立也与！"（《阳货》）"二南为正始之道，王化之基"，被称作正国风，居十五国风之始。它们首论夫妇之道：文王刑于寡妻，至于兄弟，以御家邦。既是颂扬文王及后妃夫人之德，也就能教育国人助其君子，致于嘉瑞，故为"五教之端也""诵诗三百，授之以政，不达；使于四方，不能专对，虽多，亦奚以为？"（《子路》）学诗若不能为现实政治服务，也就一无用处。从为政治服务的目的出发，孔子全面地强烈地提出了修身立人的主张，反复地备极其详地阐述了对"仁人""有德者"

的要求和标准，甚至非常极端地提出："有德者必有言，有言者不必有德"。（《宪问》）把一个人的思想品德对其言行的影响提到了极其重要的位置。

以人为中心的运思趋向，一切思想理论都以政治伦理为始点的思维方式，形成中国文学对封建政治紧密联系的关系，直接影响到文艺家们一开始就把眼睛盯着现实的人生，重点放在人情上，重视伦理道德，重视世道人心。孔子正是在这里作了开创性的建树，奠定了中国文艺理论现实主义的传统。

四

"仁"是孔子全部思想的基础。"仁"就是"相人偶"，"二人"为"仁"，"仁"是讲人与人之间关系的。孔子的文艺批评标准也同样是以"仁"为道德核心的价值观念。他说："里仁为美"（《里仁》）。这是他美学思想的核心。

善与美相区别。"子谓《韶》，'尽美矣，又尽善也。'谓《武》，'尽美矣，未尽善也'"（《八佾》）。这里，孔子一方面把美学批评同道德观念的价值评价紧密结合，同时又明确地把艺术形式美与艺术内容的善加以了区别。

孔子是最早强调艺术的善的。他听到《韶》乐以后陶醉得

"三月不知肉味"，而《武》乐因为歌颂了周武王暴力夺取政权的武功，与"仁"相悖，就只能说它是"尽美"而"未尽善"了。他非常严厉地说要"放郑声"，因为"郑声淫"，也就是不善。他以思想内容的善作为艺术评价的首要标准。而与此同时，又是他最早指出了艺术形式具有相对独立的审美价值。在分析《韶》乐和《武》乐时，他将其中的一个方面归之为"善"或"尽善"（思想内容），另一个方面归之为"美"或"尽美"（声音、音调、节奏等）。这就把一个完整的艺术作品分成了两部分，然后给以不同的评价。他已经感觉到了艺术作品内容与形式的差异性。在他之前，美与善往往是不加区别的。《国语·晋语》中说"彼将恶始而美终"，"美"与"恶"对比，"美"等于"善"，属于道德范畴。孔子将这两个属于道德范畴的概念分开，赋予不同的内涵，用它们表示艺术作品的内容与形式的不同造诣，创造性地将善与美的概念引进艺术领域，提出了"尽善尽美"的最高艺术标准。成为后世"真、善、美"观念的滥觞。

质与文相统一，在内容和形式如何统一的问题上，孔子的主张是两者恰当地结合。他说："质胜文则野，文胜质则史，文质彬彬，然后君子"（《雍也》）。他是把"仁"看成君子的"质"，把"礼""乐"看成君子的"文"的："人而不仁，如礼何？人而不仁，如乐何？"（《八佾》）。讲的是一个人的道德修养问题，也表明了孔子对内容与形式的关系的一般看法。形式的美服从内容的善，内容的善决定形式的美，两者统一才构成艺术的美。孔子提出过"辞，达而已矣"的表现原则，但是也提倡"情欲信，辞欲巧"，"言之无文，行而不远"，"为命，裨谌草创之，世叔讨论之，行人子羽修饰之，东里子产润色之。"（《宪问》）一个人起草了一个文件，然后交一个人提意见，然后又交一个人修饰，最后还要交一个人润色加工。对这种一丝不苟的作文态度的赞赏，不是很能说明孔子在要求重视内容的前提下，是怎样地重视文采词藻吗？他反对"文胜质"，并不只是"尚质"或"尚用"，而是要求质与文统一。可以肯定地说，孔子是重视形式美的。"子曰：'禹，吾无闲然矣。'菲饮食而致孝乎鬼神，恶衣服而致美乎黻冕"（《泰伯》），他甚至认为华丽的装饰也是美的。周王朝视奇巧为大敌，百工"或作为淫巧"及"奇技"者，要处以死刑，孔子却大谈其"巧"，对于工艺，他说："良农为稼而不能为穑，良工为巧而不能为顺"。

理与情相和谐。孔子说："《关雎》乐而不淫，哀而不伤"（《八佾》）。《诗序》解释说："乐是淑女，以配君子，忧在进贤，不淫其色"，此即"乐也不淫"；"哀窈窕，思贤才，而无伤善之心焉"，此即"哀而不伤"。如果说这个解释有些附会，那么至少可以认为，孔子在这里肯定的是男女性爱的美德，感情表现上儒雅雍容，恰到好处而不过分。何晏《论语集解》引孔安国语云："乐不至淫，哀不至伤，言其和也。"实际反映了中和之美的主张。

孔子对文艺作品中的"情"是有严格要求的。"情"要受"德"和"仁"的约束，要合乎"仁义"之道。这样的"情"才是善的或尽善的，也才是"无邪"而归于"正"的。这个"理"是十分要紧的，不可动摇的。而在艺术表现上，则强调感情的"不淫""不伤"，以"中和"为善。具体说，艺术作品中的"情"必须是"温柔敦厚""广博易良"的；"子语鲁大师乐，曰：'乐其可知也；始作，翕如也；从之，纯如也，皦如也，绎如也，以成。"（《八佾》）他那么喜欢《韶》乐，原因在于《韶》乐除去尽善之外，在艺术形式上还有和谐的特色。王国维说："颂之声较风、雅为缓"。《韶》乐是颂乐，声缓当是其艺术特色之一。孔子"恶郑声之乱雅乐也"，（《阳货》）还因为新乐的声音、音调不像古乐那样"和正以广"，不平和，不雍雅，不纯正，不舒缓。

孔子的中庸思想是当作一种道德准则提出的。"中庸之为德也，至矣乎！"主要指的是思想感情、言语行为都不偏于极

端，而是讲究和谐均衡。所谓"过犹不及""叩其两端""执
两用中"，在一定程度上也体现了文艺表现上的理与情的辩证
关系。

五

同一切事物都有自己的两重性一样，孔子的思想也有两重
性。它给我们民族增添了光辉，也设置了障碍；它向世界传播
了智慧之光，也造成了中外沟通的隔膜；它是一笔精神财富，
也是一个文化包袱。具有普遍意义的东西，总是与具体的特殊
的东西联结在一起。中国封建文化重道德的优秀传统，与封建
礼教、人治传统联结在一起；爱国主义传统，与忠君思想、维
护封建国家联结在一起；人文主义思想与封建专制主义联结在
一起，等等。孔子的文艺思想亦如此。它的优点和缺点、正面
和负面，不是分别放置也可简易取舍的；而是杂揉在一起，难
解难分，它的优点也就是它的缺点。对此必须有清醒的认识。

孔子的文学观具有两个基本特点：第一是现实主义的，从
社会现实谈文学；第二是功利主义的，从实用的观点看文艺
的价值。这种精神对后代的文学理论曾经起了积极的影响，
造就了一代又一代以天下为己任的忧国忧民之士。他们关注现

实，关注人生，关注民生疾苦和国家民族命运，慷慨悲歌，以至不惜捐出血肉之躯，被鲁迅称作"中国的脊梁"。但是实用理性思维也造就了理性主义色彩的性格。以古代小说艺术传统论，由于古代小说家们的审美意识与封建伦理观念紧密地结合在一起，审美情趣里沉积着伦理观念和道德要求，传统的义务本位精神强烈影响作家的审美情感，这就使得小说家们往往专注于伦理道德上惩戒善恶、涤虑洗心，有补于世道人心的"喻世""警世""醒世"的作用。表现在人物塑造上，便是选择那些最能表现社会伦理和人际关系的典型人物，通过对人的反思，一方面揭示外在关系的规定性，如三纲、四常、五端、八目等规范；另一方面表露人格的自我实现，歌颂圣王和理想人格的高尚精神与道德情操。这些人物都经过理性主义染色板的调制，美与丑、善与恶，都要非常明晰和确定，以强烈的理智形态呈现出来。人物性格不可能是多层次的、性格的光谱也不可能是多色的，往往强调那些具有社会普遍意义的伦常观念，描写那些最能培养高尚情操的东西。并不是说中国古代小说家们缺乏艺术创造能力，写不出性格的多面性、复杂性，问题在于中国封建宗法式社会体制和相应的儒家的思想观念，对艺术典型具体形式起了决定作用，钳制了作家的审美理想。作家个体的自主性、独立性只有服从伦理道德原则，以个体和社会统一作为典型创造的前提，力求从这统一中寻找到美，并把这美同伦理道德的善连接起来。这种心理造成了小说人物的自我弱化，自我性格压缩。深受儒家功利主义文艺观影响的小说家，急于要通过小说中人物说明对生活的伦理思考和审美理想，当这种愿望超越了艺术思维的自我，甚或用政治的价值观念来代替艺术的审美价值观念，那就必然忽视人物性格的塑造，人物性格的内在机制得不到充分揭示，而造成人物性格的典型化。即使是描写了性格的多样性，也是一种平面的并列结构。

孔子的"仁"的阶级内容是为新兴地主阶级争人权的，无疑是《诗经》中奴隶制民主思想的推进。孔子强调"里仁为美"，把善和美结合了起来。他所谓的"仁"，在当时是有其积极意义的。当哀公问他"人道谁为大"时，他不仅承认"人道"，而且认为"君为正"是"人道"中最大的问题。这就不仅包含着尊重人，而且也在某种意义上包含着限制君权的思想。即令是对帝王歌功颂德的作品，也要做到"思无邪"。刘宝楠"思无邪"正义："论功颂德，止僻防邪，大抵皆归于正……"原句仍是可以附丽于民主思想的。后来，孟子把孔子兼有主客体特征的"仁"改造成彻底主观化的"性善说"，道德规范演绎成人性，原先民主思想的附骥"思无邪"渐渐就被改造成了封建正统主义反对文艺脱离"礼教"的武器。这种变化发展的逻辑起点，正是孔子的"仁"。孔子为了强调文艺为他所说的政治服务，有时候简直到了不讲理的地步，甚至不得不违反他自己已经意识到的某些艺术规律。他在《论语》里提到用诗的有七处，没有一处顾及到诗的艺术特征。利用现成诗句说明一个问题或一个道理，这是用诗不是评诗。孔子却以用诗代替评诗。"子夏问曰：'巧笑倩兮，美目盼兮，何谓也？'子曰：'绘事后素。'曰：'礼后乎？'子曰：'起予者商也，始可与言诗已矣。'"（《八佾》）孔子硬把描绘美人形象的诗句和"仁"与"礼"的关系扯在一起，还把这种方法说成是讨论诗歌的方法，这实际上是以个别诗句代替政治、哲学观点了。孔子对文艺采取的这种实用主义态度，使得文艺完全沦为统治阶级政治的工具和附庸，极大地有害于文艺自身的发展。主张中庸的孔子有时也走极端，教他的学生"攻乎异端，斯害也已"，主张禁除"杂学"，客观上为"禁除诸子百家之书""定于一尊"，形成专制文统开了先河。

孔子思想的根本精神之一是"和"，"礼之用，和为贵"（《学而》）。"和"虽然承认差别、矛盾，但强调的是矛盾双方的互相渗透、相辅相成的方面；强调用平衡、和解的方式解决事物矛盾，不强调矛盾的激荡和转化；强调量变，不强调质变，强调相对静止的运动，不强调爆发式的突变。这种和谐的思维模式和行为模式，使中华民族具有很强的内聚力和向心力。

古代人类的理想，就是这种和谐的美的理想。这曾经使我国的古代人创造了静态的伟大的古典艺术和古典文化，成为世界文化史上的一大高峰。世界各国的封建文化，没有一个可以同中国封建文化媲美。但是，因为否认转化，强调稳定，便有极大的保守性。一种循环的封闭性限制了古代人的创造精神和革新精神。到了近代，世界文化出现第三个高峰，即欧美的近代文化，与之相比，中国文化就显得简单而不复杂，静穆而不动荡，浑一而不分解。虽然在相互联系的总体把握上有优于西方的地方，但又显见有逊色于近代文化的一面。孔子的中和主义在文艺上的消极影响是不可以低估的。他一方面不能不承认诗歌中可以"怨"，但是有个限制，那就是要合乎中庸之道，即所谓"怨而不怒""和而不流"，总之是要"温柔敦厚""广博易良"，可以有一点牢骚，但不能过分。这样，文学的战斗性便被抹煞了。在这种思想束缚下，伟大如现实主义诗人杜甫、白居易也终于跳不出"怨而不怒"的圈子。他的"乐而不淫""哀而不伤"更是被后来的儒家发展成"发乎情，止乎礼义"，又由对"礼""义"的强调，发展到"存天理，灭人欲"。竟至于狰狞可怖了。

综上所述，对孔子文艺观唯一正确的态度只能是批判继承。孔子不是神灵，不是偶像，其思想只是一种可资借鉴、可资吸取、可资利用的材料。经由批判，剔除这些材料中的消极面，把其合理的具有普遍意义的内核从旧文化的体系中解救出来，在此基础上，赋之以时代的内容，加以改造，寻找到现代化与民族化的结合点，以创造新的思想文化传统。我以为，这才是我们所应取的冷静的、客观的、实实在在的科学态度。

（1988年）

当代中国通俗小说纵横谈

近年来，通俗小说几成泛滥之势（泛滥者，言其多也，非褒贬也），引起全国朝野普遍注意，并因之而聚讼纷纭。赞之者曰春风一夕，春草十里，春光占断，是当代读者的福音；斥之者曰庸俗文学，地摊文学，淫秽文学，实属应予扫荡之列。

这就有了讨论、研究的必要。

一、中国通俗小说的源流

所谓"小说"，最早不是作为文体提出，而且是作为那些无关大雅的琐语铁闻提出的。《庄子》就把"小说"和"大道"对称，而认为小说不足以达到大道。班固在《汉书·艺文志》中列入小说一家：

小说家者流，盖出于"稗官"，街谈巷语，道听途说者之

所造也。孔子曰："虽小道，必有可观者焉，致远恐泥，是以
君子弗为也。然亦弗灭也……"

孔子一面认为小说"君子弗为"，一面又承认"必有可观
者""弗灭"。总算不是过分轻视的了。

不过按照《汉书·艺文志》所开列的一些书目看来，古人
心目中的小说实在没有一定的范围。它的涵义，和我们今天公
认的小说不同，大有无类可归的杂书就搁进小说一类的意思。

从原始的古代到唐的开元、天宝时代，是中国小说的胚胎
期。这时候，一切真正的小说体裁都不曾成立。所有的不过是
具有小说影子的琐杂的笔记中的许多故事，或性质邻近史书
传记而略带有夸饰的描写荒诞的记载的作品；或许多近于异域
描写的地理书。这些至多不过是小说的资料，而不是什么小
说。然而却是小说的渊源。这个时期的主要作品有《山海经》
《穆天子传》以及汉魏六朝的志怪志人小说《搜神记》《世说
新语》之类笔记小说。其中大部分的作品，并不是正规的"小
说"。但是许多笔记小说中的故事已具有了传奇小说的萌芽，
开辟了后来的传奇小说的先河。

中国小说的发育期，即所谓"传奇小说"时代，大致在唐
开元、天宝时代到北宋灭亡之间。最早是和尚们讲佛经故事

（即变文）。佛经故事不能满足需要了，和尚们就讲人间故事和历史故事。讲故事的地方由庙堂搬到勾栏瓦舍（公共文化娱乐场所），文人们见和尚买卖好，也跟着去说唱。后来又出现了传奇文。传奇文脱离了宗教的影响，现实主义地表现时代生活。在艺术上，传奇小说的作者是有意写小说的。他们着意于描写、着意于结构布局，以使作品血肉丰满，光彩焕发。小说到这时候，才是一种独立的艺术形式，而不是故事的片断和琐事的集中。这时的小说产生了许多杰作，最著名的有《莺莺传》（元稹）、《李娃传》（白行简）、《南柯太守传》（李公佐）、《柳毅传》（李朝威）、《虬髯客传》（杜光庭）等，这些都成为后来的戏曲题材。这时候的小说，在鬼神怪迹，域外异闻，宗教故事，帝王名人言行之外，还着意于人间情绪的抒写，社会新闻、恋爱之遇、妓院情景、日常生活等无不进入作家们的笔端。描写人情世故，描写当代生活，这是较之初期小说的一个最大进展。与此同时，民间也产生不少的白话小说，如《唐太宗入冥记》之类。当时虽不为文人学士注意，但在以后的发展中却渐渐显出极大影响。长篇小说这时也已露出端倪，如《三国志》的故事，当时已在说唱着，《隋唐故事》《列国志残卷》一类历史故事广泛流行。历史小说，即所谓演义已可于此中听到消息了。

笔记小说、传奇小说继续流行，其内容则更为庞杂，结构相对稳定。长篇小说露出崭新的头角。小说发展进入成长期。这大约在南宋至明弘治之间。在这个阶段的后期，出现了今本《三国志演义》以及《忠义水浒传》的原始本（不是今本）。由《忠义水浒传》的出现，可以见到长篇小说的技术大大向前迈进了一步：由仅仅叙述史事的正史的翻版，一变而成为着意于叙述某一时代的一部分在历史上若有若无的英雄豪杰的浪漫史。叙述描写已由史的拘束解放出来而进入自由抒写的阶段，开始显示出一种雄浑奔荡的气势。这不能不说是小说发展的一个极大进步。评话小说也开始产生，有"词话""诗话"之分。词话如《京本通俗小说》中的七篇，诗话如《唐三藏取经诗话》。这些评话，少叙古事而多描现状，对人间世态的描写，真切活泼。较之《武王伐纣》之类历史小说，技术已臻成熟之境。

由明嘉靖到清乾隆、嘉庆时代，中国小说进入全盛时期。凡在这之前孕育发展的一切小说形式，无不在这时候达到最成熟、最发达的境界。笔记小说此时已不入小说之流；传奇小说因《聊斋志异》而见其勃然中兴；以"三言""二拍"为代表，标志着评话小说达到繁荣的顶峰，已具备了自己的面貌、性格和特征；长篇小说更显出长足的进步。《水浒传》被润改为极完美的今本，《武王伐纣》被扩大为《封神传》，《唐三藏取经诗话》被取作宏伟的《西游记》的张本。产生了《红楼梦》《西游记》《金瓶梅》等不朽篇章。题材极为广泛：由历史小说而至英雄传奇，由英雄传奇而至社会生活，宫廷故事以至家长里短，文人轶事，进而通过对这些题材的表现发挥作家的才学及理想。至此，小说已经成为装载学术及理想的工具。长篇小说的发达，由此登峰造极。

然后，就像所有事物都不能逃脱抛物线轨迹一样，中国小说走进了自己的衰落期。从清乾、嘉以后至20世纪初"五四"新文学运动以前，所有的小说形式都由前期的过分发达而显出疲乏和模拟的情态。评话小说绝了迹；传奇小说竟由隽美的《聊斋志异》一变而后入于原始的笔记体著作。长篇小说在继续发展英雄传奇（如《七侠五义》）和历史小说（如种种演义）之外开辟了一条特殊的路，即暴露和攻击社会的黑暗面。其代表作如《二十年目睹之怪现状》《官场现形记》。而后便进入其末途，利用爱听闲话的市民心理，以揭露有恩怨的私人阴私为创作目的，是为之"黑幕小说"。由这种堕落心理及行为，可见中国小说之近于末日。此时长篇小说的另一个特点是描写妓院生活和淫乱的性生活，如《海上花列传》《九尾龟》《肉蒲团》等。

历经过极其光辉灿烂的发展的中国小说，此时已是强弩之末，"再而三，三而竭"了。正在这个奄奄一息的时候，却有另一种外来的影响，即西欧的影响，以比魏晋隋唐时代进入中国的印度影响更为雄大的气势，排挞直入，给中国小说以一种新的不可抵御的推动力。使之别开生面，不再徘徊于笔记、传奇、评话及章回体长篇的故垒。这影响在短时期内，即使中国小说面目一新，使中国小说史增加了一个崭新的篇章。"五四"新文化运动诞生了伟大的鲁迅，诞生了现代意义的新小说。这之前，由于话本发源于评话，小说形式几乎全是以第三人称讲故事。现代小说的形式则多样化了：有日记体如《狂人日记》（鲁迅）；有书信体如《落叶》（郭沫若）；有自述体如《三天劳工底自述》（利民）。另外，更由于标点符号的运用和新文体段落的划分，在结构形式和格式上都有了全新的面貌。"五四"新文化运动形成的新的文学传统，在"文化大革命"之后的新时期文学中，更是得到极大的高扬。使中国的文学天空，出现了群星灿烂的图景。（这方面的成就，近年已有大量专著论及，广大读者也有目共睹。此不赘）随着改革开放潮流的出现和深入，东西方文化的撞击、激荡、交流和融汇，小说在形式上的探索也日见精进，极大地拓宽了艺术思维的空间。（此中自然难免有种种的迷妄和失误，笔者已另行文专题论及，请参见拙著《当代文学在哪里迷失》）。近年来出现的非故事化，非人物化，非情节化，所谓"非小说""反小说"以及所谓"现代神话""现代寓言"的创作追求，似乎可以看做小说艺术在形式发展上走向极端，在现代生活的基础上，归真返朴，进入新一轮回的尝试。正因为如此，新时期文学陷入了寻找和确定自己发展的新起点所必然出现的困惑。有人悲观地把这种状况称作"几近式微"。

这时候，当代通俗小说以不可阻挡的汹涌之势出现在中国的文化市场，并震动了文坛。

二、通俗小说的基本审美特征

毋庸讳言，当代中国通俗小说是对"五四"新文化运动产生的新文学之前的传统中国通俗小说形式的一种回归。（所谓传统意义的中国通俗小说在"五四"以后仍由一些作家如张恨水等在延续着。其人数不少，所作亦颇丰，但在文学史上，已无论如何不可能形成显赫的声势和地位了）这种回归，有其广阔而复杂的社会、政治、美学和心理学原因（下文将专章论列），而内在的原因，则是通俗小说本身所具有的基本审美特征。

概括说来，通俗小说的主要审美特征即是它的通俗性，即是"通俗"二字。

中国小说一开始就不是由某几个有才能的人创作的，而是来自民间，由口头流传而至于演唱，又由演唱而演化成小说。最早乃是群众娱乐的一种，同群众有着密切的结合，因而其最大的要求是必须具有群众性。为了满足听众（听说书者）的要求，重视情节的曲折和细节的真实，就成为这一文学样式在艺术上的重要特点。具有曲折的情节吸引力量，和具有如临其境如见其人的细节真实性，是作品成功的关键。如何选择题材，安排情节，使之具有刺激性（包括生理和心理的刺激，如题材多是大智大勇、大奸大恶、大悲大喜、大起大落的惊险故事，较低级的多涉及色情与暴力，以求感官效应）、戏剧性（奇巧跌宕，往往在人意中又出人意料）；概括地模拟状写事物，听来逼真而不嫌繁琐；不求人物性格的典型性而只求情节合理，细节逼真；无意刻画事物而仅重视故事，使之线索既清晰单纯，又纵横连贯，在人情世态、悲欢离合境遇中，显出故事的合理和真实来引人入胜。此外，武侠小说还以其神秘性使读者得到在现实中无法得到的"替代性自我满足"，等等。所有这些，便成为目标所在。也正是它们奠定了中国小说的民族风格和艺术特点。

原《三侠五义》问竹主人序在谈到该书艺术性时有如下评论：

虽系演义之词，理浅文粗，然叙事人皆能刻划尽致，接缝斗笋，亦俱巧妙无痕，能以日月寻常之言，发挥惊天动地之事。……使读者有拍案称快之乐，无废书长叹之时。

这段评论文字，实在包含了通俗小说的基本特质：形式的通俗性、情节的戏剧性、审美的愉悦性，等等。其中所谓"演义之词，理浅文粗"，实在是对通俗小说形式所作的高度的理论概括。

一般基本倾向可称之为健康的通俗小说，主题上多表现除暴安良、惩恶扬善，扶正祛邪、阴骘积善。"纾牢愁""寓惩劝"，其思想意义，一目了然。清代李渔在谈到传奇创作时指出："其事不取幽深，其人不搜阴僻，其句则采街谈巷议。……总而言之，传奇不比文章，文章做与读书人看，故不怪其深，戏文做与读书人与不读书人同看，又与不读书之妇人小儿同看，故贵浅不贵深……如今世之为小说矣。"李渔所说的"传奇"指的是戏曲，但他同时指出，在"贵浅不贵深"这一主要特点上，传奇与当时的小说是一样的。

　　通俗小说在语言上则更是要求有"耳根听熟之语，舌端惯调之文""以浅近文学出之"。这一方面是为求通俗的需要，另一方面也是一个自然的结果。当人们的眼光更多地被情节、人物所吸引的时候，尤其被情节所吸引的时候，语言就在相对的意义上被忽视了。在情节性极强的作品中，语言稍逊也可以为读者所忽略。在创作时也可以为作者所忽略。在这种意义上说，语言又是可以同情节有所偏离的。因此，说书人的语言同小说原著的语言不一定一致。所谓"街谈巷议"，口耳相传的故事，它只传情节，语言是作了相当改动的。而改动了语言、情节以至某些细节仍可传达出来，这就是所谓"情节小说"的一个特点。

　　情节性强的小说和不仅以情节取胜的小说在语言上的区别及其对通俗性的影响是十分明显的。在中国古典小说中《水浒》和《红楼梦》可以作为最具说服力的例子。这两部作品的语言，一直影响到当代文学创作。但是，《水浒》由于其情节性强，可以被许多说书人转述仍十分动人；而能够成功地转述《红楼梦》的高明的说书人，则很少见。要达到欣赏《红楼梦》的目的，必须直接阅读。离开曹雪芹的语言，把一个悲悲切切的林黛玉讲述出来，谈何容易。而《水浒》的情节，人物则可以在一定程度上同原书的语言脱离。

对小说语言的追求在"五四"以后的新小说里得到有自觉意识的发展。其代表人物是鲁迅。鲁迅的小说受到俄国短篇小说和北欧、日本短篇小说的影响，同时蕴含着中国文化的深厚传统，为中国小说，也为中国小说语言开辟了一个新时代。后世所谓"纯文学"，正是这一新传统的继承和发扬。这也成为当代所谓"纯文学"同"俗文学"最为明显的区别之一。

三、中国通俗小说在当代重现的原因

我们大致理清了中国小说发展的脉络，又大致确定了它的主要特质，我们也就比较容易对它在当代重新出现的原因作出相应的结论了。

1929年，著名作家、文学史家郑振铎先生曾经预言：

到了现代……笔记、传奇、评话等的短篇，以及"佳人才子书"的中篇小说固已没有重兴的可能，即章回体的长篇，也已到了它的末运。不再有复活的机会。

然而，半个多世纪之后，中国文坛却出现了倘郑振铎先生健在一定会瞠目结舌的现象。显然，作为一个毕生致力于文化进步的作家与学者，郑振铎先生是太热情太心切了。当代中国通俗小说的现状虽不能说已出现复兴之势，但其洪水般地涌现却是一个无可否认的事实。

这事实，是足以令人深长思之的。

丹纳说，如果要研究趣味问题，"就应当到群众的思想感情和风格习惯中去探求"。也就是说，把握审美趣味必须研究其深层的社会意识，特别是社会心理。审美趣味的深层社会意识充分蕴藏着由于历史、环境以及遗传而贮存起来的心理能量和动力。越到结构的深层，其惰性越显著。

马克思有关实践美学的思想认为："一件艺术品——任何其他的产品也是如此——创造了一个了解艺术而且能够欣赏美的公众。因此，生产不仅为主体生产对象，而且也为对象生产主体。"中国小说在其长期的发展过程中，形成了自己相对硬化的审美形态，同时也使中国读者形成相对稳定的审美趣味，审美习惯，并且成为一种颇为牢固的心理定式，这种心理定式在可以预见的短时期内是难以改变的。而按照接受美学的观点，欣赏者同创作者是相互作用相互影响的。有某种欣赏要求，也就有某种创作去适应那种要求。

进一步说，如同政治、法律、哲学、宗教、艺术一样，一种文学在某一社会某一民族实行和流行的程度，确实取决于它之被接受的程度。而这一切又是以经济发展为基础的。恩格斯指出，经济条件像根红线似的贯穿着文学及其他意识形态的整个发展过程，而且只有根据经济条件才能了解它们的发展过程。毫无疑问，人们的社会心理、文化素质以及艺术欣赏趣味也不可能不受到经济条件的制约。在尚未脱离农业文明巨大阴影的中国（即使是最乐观的政治理论也将其称作为社会主义的初级阶段），一种由农业文明长期铸造出来的艺术之被广泛接受，应当说是毫不足怪的。

也如同一些论者所说，当代中国通俗小说的大量出现，是改革开放的一个结果。相当长的一段时期以来，由于文化专制主义钳制，人们的七情六欲包括认识、审美、创造和幻想的欲望等精神需要被压抑以至扭曲，文学艺术一直作为附属物和工具牢牢地系在政治的战车上，其主要的功能之一即消遣精神和愉悦性情的功能被抹杀一空。在这种高压的、沉闷的、许多正当需要都得不到满足的环境中间，一开始就作为一种娱乐方式发生和存在，并由此寄寓群众的喜怒哀乐情绪的通俗小说，自然也就无可存身了。随着改革开放之后必然带来的政治气氛的宽松，人们的精神需求在极大程度上开始得以自由伸张。在文学领域，通俗小说也就作为一种对文艺禁锢、思想禁锢、精神禁锢的反动，迅猛抬头，应运而生。

　　此外，还应当承认，通俗小说一经出现，就被如此广泛的接受，同以"五四"新文化精神为传统发展起来的新文学目前遇到的困境不无关系。这个问题从新文学发生之初就实际上存在着的。当时，新文学由于外国小说所给予的影响，产生了许多全新的形式，"欧化"事实上的确带来了许多好处。但因为当时的大多数作者受了历史限制，没有能结合民族渊源来批判地吸收外国小说，因而欧化和大众化对立的一般的文艺现象在小说创作中确实是存在的。使得新文学虽有很大的发展，却不能深入于广大的市民阶层及工农群众之中。以至于通俗、惊险、曲折、离奇的公案侠义小说充斥市场。

　　进入我国的新时期以来，由于社会变革带来的人文环境的巨大变动，中国文学随之发生全面嬗变。应当说这种嬗变发生了两个方面的效应：其正效应是新时期文学在力求挣脱传统硬壳封闭的阵痛中将找到自己更为广阔的发展前景，其负效应是对传统的激烈扬弃在客观上带来了表现方法同欣赏习惯的相互脱离。这其中最为消极的因素是，某些作家（包括文艺理论家）在叛逆传统的时候把洗澡水连同婴儿一块泼掉。他们片面、极端地宣扬和追求所谓"向内转""自我表现""淡化生活和对现实拉开距离"，以及所谓文学的"圈子化""沙龙化"而形成文学的贵族化。一时谈玄论道，寻根复古，蔚成风气，以至他们的作品脱离时代，脱离现实，脱离群众。尽管这种迷失并不足以成为当代文学之大观，但毕竟使众多读者失望、冷落而至抛弃。在这之后，读者的文学欣赏热点作了两个方面的转移：对社会和时代，对国家和民族的命运深怀关注的读者接受了致力于表现历史和现实内容、充满社会责任感和使命感的报告文学、纪实文学、传记文学；而寻求消遣和娱乐的读者，则接受了追求刺激性、戏剧性、且又文句浅近的通俗小说。

综上所述，当代中国通俗小说的重现也就并不是什么令人惶惑的事情了。

四、通俗小说讨论中必须廓清的几种认识

事实上，我国对当代通俗小说的讨论，几年前即已开展。但许多问题一直争论不休，难以统一，盖因为许多认识一直模糊之故。此处择其要者加以辨说。

其一是没有真正把文学的教化作用同怡情作用加以区分。

我国文学向有"以文载道"的传统。在正统的文学观念中，小说被视为"小道"，通俗小说在近代以前一向是被轻视、没有地位的。晚清的梁启超提出小说界革命的口号，以之

为首的改良派理论家们大力提倡小说这种文艺形式，彻底摧毁了封建正统文学观，使小说在文坛上开始占据重要地位。1902年冬天，梁启超主编的《新小说》创刊，在创刊号上发表了著名的小说论文《论小说与群治的关系》。

在这篇文章中，梁启超把小说的重要性夸大到无以复加的地步。他认为小说对于人们"如空气，如菽麦，欲避不得，欲屏不得，而日日相与呼吸之餐嚼之矣。"他从理论上阐明了小说的巨大社会作用与重要地位后，主张把小说的创作权从"华士坊贾"的手中拿过来，创作"新小说"，为其改良主义政治服务。然而激进的改良派理论家们却在肯定小说的社会价值的同时，把小说纳入了狭隘的为政治服务的轨道，力图使小说成为他们政治主张的单纯的宣传品，造成了对小说艺术审美功能的忽视。

只容许宣扬改良主张的小说，而排斥与其政治观点不同的一切小说；既反对封建落后的作品，也反对为广大群众喜爱的优秀遗产，本质上依然没有摆脱封建道统文学观的桎梏。时至今日，某些对通俗小说的否定意见中，是不是同样可以找到这类狭隘偏见的影子呢？

但是，我们同样应该十分明确的是，任何习惯和趣味虽是顽固的，却都不是凝固的，一成不变的。随着时代的变化、社会的发展，大众审美习惯和审美趣味是可以改变并且应该改变的。即使是强调艺术的审美功能的创作，也责无旁贷地应该承担起改变大众审美习惯，提高大众审美趣味的义务。积极的能动的读者观，总是把适应和改变、普及和提高自觉结合在一起的。没有改变和提高，只有适应和普及，其结果不仅与读者无益，也只能造成对艺术自身发展的局限。

至于那种觉得只要有需求，有市场，就可以忽视和放松艺术追求的作法，则是完全不可取的。

其二是没有把创作思想的共性同艺术形式的个性加以区分。

这方面突出的表现是若干概念的混乱。所谓"严肃文学""雅文学"和"大众文学"等，既不能作为其所定义的"纯文学"和"通俗小说"的质的规定性，更不能作为它们相互对应的反照。似乎通俗小说就必然不"严肃"，不"雅"，而纯文学则必然不"大众化"。事实上，纯文学同通俗小说在创作思想及其存在的问题上是有许多共同点的。

所谓"风雅"，本源于《诗经》，而列于《诗经》之首的，正是民间情歌（《关雎》）；通俗小说"水浒""三国""西游"，今人以之装点书架，又如何不雅？而纯文学如解放以来一大批图解政治，图解政策，"高、大、全"以至

"假、瞒、骗"的作品又如何不俗？

世间本无所谓纯趣味的游戏小说，即如那些以文学游戏为目的的回文诗、回文词之类，也无不流露出作家或玩世不恭或百无聊赖的末世情绪。通俗小说无疑同样有严肃性的要求，即在创作上不应仅止于对趣味性的追求（健康的趣味也是严肃的），而应注意文学的社会功用，寓教于乐，在"浅而易解""乐而多趣"的通俗形式中，渗透作家的社会理想、道德理想、人生理想、审美理想，并给予读者以潜移默化的影响。要求当代通俗小说拓展题材领域，写出新时代、新人物的新演义，这应该是不算过分的吧。

纯文学无疑不应无视大众化的要求。实际上，新文学产生之初，这个问题就已经注意到了。鲁迅、郑振铎都是文学大众化的积极倡导者。以老舍、赵树理为代表的相当一批新文学的健将也曾极力借助民间文艺健康质朴的活力来推动新文学的普及（注意：是"民间文艺的活力"，而不是旧文人的旧形式；是"新文学的普及"，而不是"通俗小说"），并且取得很大的实绩。老舍、赵树理的小说语言平易质朴，生动传神，极为口语化，极具地方特色，因而极富民族神韵。使新文学语言在民族化、大众化，同时又高度文学化、艺术化的造诣上，达到炉火纯青的地步（据此就以老舍、赵树理作通俗小说作家则是完全不必要的）。

至于崇洋倾向、庸俗化、商品化、贵族化倾向，则无论纯文学还是通俗小说都不乏其例。同纯文学之由"借鉴"而仿制出许多"现代派"赝品一样，当代中国通俗小说中极其拙劣的外国翻版、港澳翻版还少见么。坦率地说，当代通俗小说相当数量的刊物和作品，主要是作用于文化消费，具有极浓厚的商业色彩。而纯文学中以性、暴力、变态心理为诱惑招徕读者的近年来也的确日见其多；纯文学某些作家的贵族化倾向日益使人反感，而标榜为当代通俗小说名作的《三寸金莲》所流露出来的没落贵族式的对封建糟粕的把玩情调不同样散发着腐朽气息么。

其三是没有把文艺作品的美学品格同审美效应加以区别。

当代通俗小说最大的自豪是拥有极广大的读者群。而纯文学最大的悲哀则是失去了一度显赫的声势。于是有人便据此对两类小说作了形而上学的价值判断。这其实是犯了常识的错误。无论中外，文学史上都有一个易见的最简单的事实：任何艺术形式的价值和地位从来都不仅仅是以其作品数量和读者的多寡作为度量衡的。其标志主要是看其是否出现了真正有力的确能彪炳显赫于文坛乃至文学史，确能反映并代表本民族乃至世界文化发展新水准的作家与作品。某些浅薄无知文人所谓

"高雅化""小众化"的自命不凡、孤芳自赏自然不足为训，在某种意义上，由于历史的惰力，由于文化素质的现实限制，某些真正具有伟大文化价值的作家及其作品在当时往往是难于被广泛接受的。这就是为什么克罗齐说"要了解但丁，就要把自己提高到但丁的水平"。对那些包含着自然、社会、人生至深至远的认识的艺术力作，诸如《红楼梦》《阿Q正传》《神曲》《浮士德》等，若要真正接受它们的美感信息，没有相当的阅历、知识以及对现实的认识是不可能办到的。否则，我们就不能理解小仲马何以以一部《茶花女》即获得甚至超过其父大仲马所著堆积如山才得到的文学声誉，或者得出琼瑶比鲁迅更伟大的荒谬结论。

而且，必须进一步指出，审美主体与审美对象的审美效应的深刻性并不总是同审美主体的认识观、价值观等的提高成正比关系。别林斯基曾谈到过这种非审美化现象："难道我们这里没有那种才智和教养俱佳，又兼通外国文学，但还是由衷地相信茹科夫斯基比普希金高明，有时甚至对A、B、C之流先生们一文不值的诗和才能赞美不止的人吗？"鲁迅也这样说过："诗歌不能凭借了哲学和智力来认识，所以感情已经冰结的思想家，即对于诗人往往有谬误的判断和隔膜的揶揄"。自然，如有些论者提到，通俗小说的爱好者中不乏高文化的学者如华罗庚（华氏认为武侠小说是成年人的童话），则应另当别论。他们对通俗小说的见解是从精神愉悦的个别角度出发的，并不足以视作对通俗小说美学品格的整体价值判断。认识不到这一点，对通俗小说自身的发展也极为不利的。通俗小说如果不注意从题材开掘，人物刻画，语言提炼等诸多方面提高自己的美学品格，读者难免有一天要读厌听厌各类千人一面、千部一腔、千篇一律或大同小异的拙劣故事，以至完全失去兴趣的。这难道不是当代中国通俗小说目前亟待解决的问题之一么。

"五四"运动前后的二十年间，鸳鸯蝴蝶派正值全盛时期。一些有正义感的作家非但没有受它的影响而且向它展开了不调和的斗争。叶圣陶1921年发表《侮辱人们的人》一文，指责"他们侮辱自己，侮辱文学，更侮辱他人！"郑振铎称他们是"文娼"。作为新文学旗手的鲁迅更是对他们展开了猛烈的攻击。不久他们在新闻界出版界以及戏剧、电影、广播事业等方面的阵地便逐渐丧失。它的"流风余韵"只是不时对一些没落文人发生影响。对现代文学史上这一现象，对鸳鸯蝴蝶派作家们游戏消遣的趣味主义的文学观，当代中国通俗小说的某些作者，恐怕不能不在某种程度引作前车之鉴。就外国文学而言，许多严肃的通俗小说作家，也是积极追求通俗小说在社会认识、道德教化上的作用的。如英国的柯南道尔、克丽斯蒂，美国的阿瑟·赫利、欧文·肖、谢尔德以至日本的推理小说，都在一定程度上提示了西方社会的种种内在冲突，以及善良人们对美好理想的追求。

通俗小说虽然强调的是情节性、故事性、不注意刻画人物，但是真正堪称优秀的通俗小说在人物塑造上依然创造了众多成功的、千古不朽的文学形象。中国古代文论家就明确提出过克服小说人物简单化倾向的要求。"……若《野叟曝言》之文素臣，几乎全知全能，正令观者味同嚼蜡"。他们认为生活是复杂的，也应将人物写得复杂。他们称赞说，"《水浒》，《儒林外史》，我国尽人皆知之良小说也。其佳处即写社会中殆无一完全人物。"这些针对旧小说那种人物简单化的不良倾向而发的议论，在当时自有新意，在现在也不无意义。

同样的，无论何种样式，杰出的文学作品都必然同时是语言的艺术品。大凡优秀小说，一直是讲究语言的。鲁迅在《中国小说史略》中盛赞唐宋传奇"叙述宛转，文辞华艳"，"而大归则究在文采与意想"。意想是创造性想象，而文采则主要是指语言上的美。宋代文人的志怪，即"平实而乏文采"，元明之讲史，"词不达意，粗且梗概而已"。这就是说，如果把小说当作一种艺术品，总是要把语言、文辞放到一个突出的地位。情节小说虽可以其情节之胜，掩住语言的作用，但终不能成为上品。某些不以情节著称的小说，却以其语言而取得很大的成绩，如《世说新语》《阅微草堂笔记》都是。而《水浒》则以情节和语言同样辉煌的成就，在通俗小说中获得崇高的地位。

其四是没有把文艺形式横的演变和纵的发展加以区别。

我们从迄今为止的各类文艺形式中，都不难发现一个坐标，即横向的演变和纵向的发展。任何文学艺术样式，都一直随着人类整个的文化演变而演变着。而在它演变的各个阶段，又都有自己的高度，并且随着这种演变，也不停止这种自身高度的发展。

中国小说源于神话，而神话早在上古时代就产生了堪称世界最优秀神话之一的"鲧禹治水"的故事（洪荒故事，许多国家和民族都有，但禹治水是依靠人的劳动，而不像"创世纪"描述的那样——人类逃上了"诺亚方舟"，上帝治平洪水。故"鲧禹治水"应是世界上最优秀的神话作品），"在它发展得最完美的地方"，作为"永不复返的阶段"而显示出"永恒的魅力"（马克思语）。而一直到明代，尽管已经有了相当发达的小说，这一类神话还在创造。产生了《土地宝卷》这样伟大的史诗，伟大的神话（土地公公、小老头子和玉皇大帝斗法。后被烧化为灰，但其灰却撒遍天下，故处处有"土地"象征着天与地的斗争）。

通俗小说在当代的存在，已是事实。并且，在相当长的历史时期内，也还是有其发展前景的。可以设想将来的某个时期，在中国能够广泛流传的关于"文革"的大部头小说，就完全有可能是在综合今日由各种口耳相传和见诸文学的烛光斧影、秘闻逸事、惨案冤狱、流言小道的基础上形成的"文革"演义。

法国现象主义美学家杜夫海纳认为，作为审美对象最重要对象的艺术作品是历史进程的产物，所有这样的审美对象都是"一个历史的纪念碑"。审美对象在各个时代的文化基本保持一致的过程中，或死亡或再生，或消失或复活。一种新的审美对象也将依赖于历史为其指针的审美知觉。然而，这并不等于说，艺术形式就应该停止自己的演变。各个阶段的发展决定的只是阶段自身的高度。而演变则决定的是整个艺术形式的发展。阶段上的发展终会达到不可逾越的高度，而横向演变，则永无尽头。这一点由中国诗歌的发展可以看得尤其明显，中国诗歌由《诗经》的四言为主演变为乐府的五言、七言为主，又演变为唐诗的严格格律形式，再演变为宋词的长短句（然后又有了元曲。但成就无法与前者相比）。各个阶段都有传诸万世而不衰的绝唱。然后是很多年的停滞，终至失去活力，几乎僵死。至清代黄遵宪等发动诗界革命，想用新名词刷新旧形式，结果是不伦不类，或有政治意义，却无艺术价值。直到"五四"新文化运动之后，彻底摒弃了旧形式，连同陈旧的语言方式（文言），出现了白话诗、自由诗，中国诗歌才如江河之临春汛，重又奔腾澎湃起来。文学史上有一种意见认为，中国古代格律诗词在唐宋业已写完，此说是颇有见地的。今天的中国诗界尽管也不同程度地出了某种困惑，但恐怕不会有人想到要用旧体来挽救新诗的所谓"颓势"的吧。

任何艺术形式都无疑是必须发展变化的。在某种意义上，形式的变革，即体现内容。中国小说由文言而至白话，中国诗歌由旧体而至新体，其中反映出多少历史沧桑，时代风云！（彼其时也，倡导白话文，发表自由诗，是要被遗老们指为"乱党"的。中国人为了丢掉一条辫子又丢落了多少人头）。自然，新形式的产生是在旧形式的基础上（往往受到外来影响的推动）演化而来的。但一经演化，则便是本质上的改变。即使有一天向自己的发端回归，那也必然是螺旋形的上升，完全处在另一个更高的层次上。正如马克思在谈到"高不可及"的希腊神话时所说的："一个成人不能再变成儿童，否则就变得稚气了。但是……他自己不该努力在一个更高的阶梯上把自己的真实再现出来吗？"

　　由此可以说明，体现某一艺术样式在整个人类文化创造背景上的制高点的，只能是坐标横向轴后部阶段发展的最高点。弄清这种横向演变和纵向发展的关系，我们关于俗文学与纯文学的讨论就不至于在孰高孰低、孰优孰劣的庸俗圈子里无谓地兜来兜去了。某些通俗小说作家完全不必通过贬低纯文学或硬以纯文学充数借以抬高俗文学的地位（这本身即是一种自卑心理的反映），更不必以读者的恩人，以力挽当代文学大厦之将倾（实不必杞人忧天）的救主自居；某些纯文学作家也不必自视清高或是硬行挤进通俗小说作家之林故作屈尊之态来哗众取宠。至于纯文学作家写通俗小说，通俗小说作家写纯文学，抑或是"两栖"、抑或是大路朝天各走一边，各敲各的锣，各卖各的糖，只要是没有丧尽艺术良知，只要是真正执着的艺术追求，就更是于情于理于法皆不相碍的事，又何顾虑之有？还是多一些平心静气，多一些费厄泼赖，多一些自信自重，以共图当代文学繁荣发展之大计的好。

（1988年）

当代文学在哪里迷失

关于当代文学种种低调的议论最近日见多起来。比起前几年的一味热闹喝彩，文学界确要冷静得多了。这种不以某种具体的政治因素为背景，且行政干预色彩不鲜明的、由文学界自身发生的讨论，无疑是一件很好的事情。可以说，这乃是新时期文学的一种新的自觉。

低调议论的总的看法是，当代文学似乎正在进入低谷期。这种现象使读者失望，也使文学界自身焦躁不安。然而，情绪只是问题的反映，不是问题的解决。批评和自审的目标，应该是找到现象发生的原因并对现象发生作出客观的、合理的、恰如其分的评价。

纵观中国文学史，小说由神话发端，而至汉魏六朝的志人志怪，而至唐代变文传奇，而至宋元话本，而至明清各种体制的成熟发达，登峰造极，而至衰落，而至奄奄一息。此时出现了一种比魏晋隋唐时代进入中国的印度影响气势宏大得多的外来影响，即西欧影响，排挞直入，给中国小说以一种不可抵御的推动。短时期内，即使中国文学史发生革命性的崭新变化，中国小说面目一新。"五四"新文化运动形成的新的文学传统，在"文化大革命"之后的新时期文学得到了足可令人振奋的高扬。尽管有论者认为新时期文学仍然没有摆脱传统价值观的束缚，在对传统的否定上尚没有达到"五四"的高度（我基本同意此说），但是比起这之前的自由度，是大大地焕发起来了。人们开始研究艺术的内部规律，人们开始注意到自我的价值存在，人们开始发现并大胆地揭示内宇宙的奥秘，甚至开始给予唯心主义哲学、美学、文艺观以一席竞争之地，文学开始像一只多角兽一样向遥远的时间和广大的空间伸出自己的触角。而这一切的背景是中国门户的又一次开放，东西文化的又一次撞击、激荡。社会变革带来了人文环境的巨大变动，这种历史的机遇是如此难得。前两次外来影响都曾给予中国文学以巨大的革命性的冲击，这一次良机同样不能放弃也绝不该放弃。

中国文学由是全面嬗变。

应当说，这种嬗变发生了两个方面的效应。

其正效应是新时期文学在力求扩大艺术思维的空间和力求挣脱传统硬壳封闭的阵痛中，找到自己更为广阔的发展前景。

艺术形式的单纯化发展，必然是走向自身的否定。即如近年来出现的非故事化，非情节化、非人物化的所谓"反小说"以及所谓"现代神话""现代寓言"的创作追求，也完全可以看作是小说艺术在形式发展上走向极端，在现代生活的新的层次上，归真返璞，进入一个新的轮回的尝试。也正因为如此，新时期文学陷入了寻找和确立自己发展的新起点必然出现的困惑。而困惑并不是绝望，相反应是希望所在。就此即认新时期文学几近式微，那悲观就难免有杞人忧天之嫌了。

任何艺术形式都无一例外是必须发展变化也必然要发展变化的。在某种程度上，形式即是内容。古陶的纹饰在当时是形式，今天看来则是文化的内容。而形式的变革所造成的对观念的冲击，往往就直接体现为历史内容。以为只要有内容的更新就可以不求形式的变革，只能是一厢情愿。不变是相对的。变是绝对的。停滞和倒退是没有出路的。

其负效应则是对传统的激烈扬弃在客观上带来了表现方法同欣赏习惯的相互脱离。这是近年文学形式探索最易受到攻击的薄弱处。对此似乎更应取审慎的分析态度。

如果要研究趣味问题，就应当到群众的思想感情和风俗习惯中去探求。把握审美趣味，必须研究其深层的社会意识，特别是社会心理。审美趣味的深层社会意识充分蕴藏着由于历史、环境以及遗传而贮存起来的心理能量和动力。越到结构的深层，其惰性越显著。作为审美对象最重要对象的艺术作品是历史进程的产物，所有这样的审美对象都是"一个历史的纪念碑"（杜夫海纳）。审美对象在各个时代的文化基本保持一致的过程中，或死亡或再生，或消失或复活。一种新的审美对象也将依赖于历史为其指针的审美知觉。某种艺术形式在长期发展的过程中，形成了自己相对硬化的审美形态，同时也就使读者形成相对稳定的审美趣味，并且成为一种颇为牢固的心理定势。如同政治、法律、哲学、宗教、艺术一样，一种文学在某一社会某一民族实现和流行的程度，确实取决于它之被接受的程度。而这一切又是以经济发展为基础的。恩格斯指出：经济条件像根红线似的贯穿着文学及其他意识形态的整个发展过程，而且只有根据经济条件才能了解它们的发展过程。毫无疑问，人们的社会心理、文化素质以及艺术欣赏趣味也不可能不受到经济条件的制约。当我们研究当代审美趣味的时候，不能不对那个巨大的、我们远未摆脱的农业文明的阴影加以考虑。在某种意义上，由于历史的惰力，由于文化素质的现实限制，某些真正具有文化价值的艺术探索和艺术创造，在当时往往是难于接受的。这就是为什么克罗齐说"要了解但丁，就要把自己提高到但丁的水平。"对于那些包含着自然、社会、人生至深至远的认识的艺术力作，若要真正接受它们的美感信息，没有相当的阅历、知识以及对现实的认识是不可能办到的。

必须进一步指出，审美主体与审美对象的审美效应的深刻性并不总是同审美主体的认识观、价值观等的提高成正比关系。别林斯基曾经谈到过这种非审美化现象："难道我们这里没有那种才智和教养俱佳，又兼通外国文学，但还是由衷地相信茹科夫斯基比普希金高明，有时甚至对A、B、C之流先生们一文不值的诗和才能赞美不止的人吗？"鲁迅也这样说过："诗歌不能凭借了哲学和智力来认识，所以感情已经冰结的思想家，即对于诗人往往有谬误的判断和隔膜的揶揄。"

自然，这一切，并不意味着艺术可以全然无视历史条件和现实要求而存在、而发展。可以说，艺术发展必然遇到的这种困境，从"五四"新文学以来就没有避免。当时，新文学由于外来的影响，产生了许多新形式。"欧化"事实上带来了许多好处。但因为当时的大多数作家没有能结合民族渊源来批判地吸收外来影响，因而欧化和大众化对立的一般文艺现象在小说创作中确实是存在的。使得新文学虽有很大发展，却不能深入于广大的民众中间。反而是通俗、惊险、曲折、离奇的公案侠义小说充斥市场。事隔半个多世纪之后，如果不能坚实地扎根于其所生存的大地，则它的发展最终只能是一句空话。然而，新文学发展的历史又同样证明，只要既注意到大众化的问题，又在本质上坚持新的美学原则，经过坚韧的努力，读者的审美习惯、审美趣味、审美经验是可以改变的，而艺术的发展也终能站稳脚跟。

这也就是说，造成当代文学的所谓颓势的最致命处不在艺术形式的变革，而在别的什么地方。

新时期文学曾经出现群星灿烂的景象。在一场巨大的民族浩劫之后，文学站在哲学历史的高度，大义凛然，悲愤交加，热血沸腾，慨当以慷，表现出崭新的空前广阔的审美表现机制的活动空间，内在而深层次地剖析社会历史所获得的丰富底蕴，以及选择中所透露出的对现代意识执着向往和现实中的种种迷惘。一段时期，作为感性描述的文学表现似乎领先于哲学、社会学，人们对新时期文学充满着极大的期望。

然而，随着时间的流逝，高潮迭起的文学景观开始平静下来。激情奔涌，慷慨悲歌的文学开始变得冷静、机智、飘逸、优雅、精致、有教养了。塞林格式的狂放，海勒式的幽默，马尔克斯式的神秘，博尔赫斯式的迷宫故事，陀思妥耶夫斯基式的残酷，海明威式的强悍，已经不再作为内在化和深隐化的客观外在现实在文学中的自由宣泄和表现，而成为力求某种艺术效果的刻意摹拟，刻意雕琢；公众的情绪，哲学的沉思，历史的创伤，现实的沉重，已经不再成为作家同社会忧患与共、休戚与共的呼吸与感叹，而成为一种得志者仁慈怜悯的玩味和咀嚼。

文学冷却了。

读者的热情随之冷却。

当然是对"冷却的文学"冷却。

与此同时，相当多数当代读者的阅读热点大致作了两方面的转移：对社会和时代，对国家和民族命运深怀关注的读者接受了致力表现历史和现实内容的报告文学、纪实文学、传记文学；而寻求消遣和娱乐的读者，则接受了追求刺激性、戏剧性、神秘性、且又文句浅近的通俗小说。

不错，我们正在由传统走向现代。作家的人格也正在发生由传统向现代的转型。我们不可能要求当代作家继续接受充满宗法家族色彩的群体至上文化的规范，不可能要求当代作家恢复那种以丧失个体独立性的群体本位为前提的参与意识，以及那种与膜拜圣人权威毫不相悖的实用理性精神，我们不能不承认，自我意识的崛起是一种代际特征。

然而，现代意义上的个人意识，并没有摒弃科学理性精神，并没有摒弃社会道德责任感。恰恰相反，觉醒的个人理性是对自己的社会行为完全负责的，是有勇气实践个人良知所发现的真理的。正是在这一点上，当代文学队伍发生了某种畸形的变形。

中国古代儒生向以"穷则独善其身，达则兼济天下"自勉。应该承认，尽管以自我意识和个人理性的丧失作了代价，却确实产生过以天下为己任的理想人物。与此同时，更多的儒生则是假天下以济私，极力攀附钻营，穷则自命清高，牢骚满腹，达则春风得意，丑态毕现。在当代文学队伍中，这类君子并未绝迹。我们时常可以看到一些历经磨难的人，一旦时来运转，则大发吃尽苦中苦，终踏红地毯的感慨；一旦有人从政，则欢呼"有了热线"，说话做文章总要说明自己和自己的作品是御准钦定的作家和杰作，似乎作家的上帝不是广大读者而是个别至高无上的政治权威。月朗星稀，清风徐来的日子，文艺界蛙鼓喧天。忽然一声雷霆，立即噤若寒蝉。京畿风云一动，四海为之色变。方此时也，心怀叵测者便翻斤斗，烙烧饼，自动充当棍子，极力推波助澜；卑劣无耻者便翻脸判若两人，不惜造谣滋事，嫁祸于人，卖友求安，落井下石；机敏睿智者便大发腾挪变化之功，对上级说上级中听的话，对青年说青年中听的话，对国人说国人中听的话，对洋人说洋人中听的话。八方讨好，左右逢源，就是没有一句真心话。个人理性已丧失殆尽，所剩的只是一副二丑嘴脸。

在所有这些文豪那里，文坛即官场，文学则只不过是敲门砖而已。

作为正统秩序的互补，则有另一类游方于外的非正统型的"隐士"，他们在精神层次上或有清醒的自我意识，但在现实层次上却不能对个人行为负起严肃的社会责任。以所谓老庄式的旷达超然掩盖其中国式的个人主义。当代文坛，一度谈玄论道蔚成风气。现代名士们今日闹圈子，明日开沙龙，"玩小说""玩评论"，游戏文字，发掘自我。或沉湎于灵魂启示，或追溯至原始野性，或徘徊于田园牧歌，或流连于佛老空灵，或卖弄其玩世傲物，以至对民族历史文化，心理性格作出幼稚肤浅，浮泛夸饰，生硬做作的图解敷衍，甚至不惜搜猎把玩腐朽糟粕，以肉麻当有趣，媚外媚俗，哗众取宠。在一片狭隘的民族文化和潜心理的喧嚣中，在图腾般虔诚或没落士大夫式的无聊的怀旧感伤礼赞中，在道德自省的压抑意识的絮叨中，在所谓无目的的、自我宣泄的、追寻主观臆想的主体目标的鼓噪中，在所谓超前性现代崇拜的空泛的纯技巧性的形式美的陶醉中，淹没了深刻的历史悲剧性和推动文明进步的真正现代本质，淡化了直面现实的锐气和现实批判的理性精神。此中却多有以嬉笑怒骂的嵇康，中道哭返的阮籍自况者，实在令人为之瞠乎其目。

正是在所有这些地方，某些自我标榜的"现代意识"露出了传统的尾巴，而否定了从"传统"向现代转变的可能。

综前所述，无一不说明，当代文学的迷失，并不在所谓坚持现实主义还是尝试现代主义；并不在所谓现代主义的"真"与"伪"；并不在所谓究竟应该"向内转"还是"向外转"。当代文学之被社会冷落，主要在于它正变得自私，在于它未能不断地用自己颤抖的心灵去感知、去体验、去呐喊，从而与社会同甘苦共忧乐；在于它尚不具备真正强烈的直面现实的批判性的现代意识，从而在说明现实的同时，从特定的审美高度对现实作出扬弃性批判。最近一位评界朋友来信指出：不错，我们的文学的确需要补一补"哲学的贫困"的课。但真哲学乃是直面人生的哲学。失了直面人生的勇气，谈玄论道只能是一种麻醉。这其中沉醉了多少善良青年，也为许多的名流装点了门面。实在是切中肯綮之论。当代文学最大的迷失乃是艺术真诚的迷失，社会历史精神的迷失，现实精神——与文学生之俱来的使命的迷失。十分明白，新时期文学的长进，一个民族一个国家在一定时期的文学面貌，都无法绕开创造主体的素质问题。没有以鲁迅为首的相当一批具有极大人格力量的真的猛士，就断没有"五四"新文学的辉煌成就。当时如是，当今亦如是。

当然，我不是悲观主义者。现实世界也未必那么悲观。我们还有的是正直、执着、深邃的思想家、文学家。他们不孤立。许许多多良知未泯、热血尚存的人们同他们在一起。所有这些，正是希望所在——使文学重新牢牢扎根于现实的大地上的希望所在。

（1988年）

庄子的艺术精神

作为道学集大成者的庄子（约前369—前286年），历来被称为隐逸派代表人物。其世界观同历来被奉为正统的儒家学说形成鲜明对照。然而恰恰是庄子的美学观，给予中国文学的发展以极其重大的影响。"秦汉以来的一部中国文学史差不多大半是在他的影响下发展。"（郭沫若：《庄子与鲁迅》）本文试图对其中的原因作一点探究，以为当代文学提供一种观照。

至人：透彻的人生观念

庄子的时代，各诸侯国以武力相兼并，所谓"当今争于气力"（韩非：《五蠹》）。各类野心家、阴谋家大显身手，"无耻者富，多信者显"。

然而，所有这一切都被一重厚厚的帷幕遮蔽了起来。那帷幕便是所谓"仁义"，所谓"圣人之道"。正是在圣人的治理

下，"彼窃钩者诛，窃国者为诸侯，诸侯之门而仁义存焉，则是非窃仁义圣知邪？"（《胠箧》）

庄子以哲人的睿智看穿了这一切，采取了他所在的那样一种时代那样一种社会地位的士所能采取的最积极的处世态度：不同流合污。即便穷得面临变成臭干鱼的危机（《外物》），也不肯趋附权贵。"天下有道则与物皆昌，天下无道则修德以闲。"（《天地》）庄子并不像某些论者论及的那样把人同社会作了对立，而只是同"无道"的诸侯对立。他的避世是有前提的。

庄子不仅看到了"仁义"的虚伪，同时揭露了"仁义"的残酷：

"有虞氏招仁义以挠天下也，天下莫不奔命于仁义……小人则以身殉利，士则以身殉名，大夫则以身殉家，圣人则以身殉天下。故此数子者，事业不同，名声异号，其于伤性以身为殉，一也。"（《骈拇》）"仁义"只能使所有的人失去生之欢乐，"仁义"乃是对人性的扼杀。庄子以十分鄙夷的口气说："余愧乎道德，是以上不敢为仁义之操，而下不敢为淫僻之行也。"（《骈拇》）

基于这种认识，庄子进一步提出了保持心灵完善而不被扭曲，使精神超脱于苦难黑暗的现实而获得充分自由的法则：物物而不物于物。（《山木》）顺其自然而处世，不管荣辱毁誉，取消"寿"与"夭"的差别，像龙蛇那样时隐时现，或进或退以顺其自然为原则。支配物而不受制于物，成为圣人。

"圣人神矣！大泽焚而不能热，河汉而不能寒，疾雷破山而不能伤，飘风振海而不能惊。若然者，乘风气，骑日月，而游乎四海之外。死生无变于己，而况利害之端乎！"（《齐物论》）

一个人把生与死看得没有差别，山崩地裂都不能使他有丝毫惊恐，世俗的利害就更无所谓了。妻子死了，他鼓盆而歌（《至乐》）；自己临死，叮嘱弟子们不要厚葬他。天地做棺材，日月做双璧，星辰做珠玑，万物做殉葬，"吾葬具岂不备邪，何以加此！"（《列御寇》）

庄子把"丧己于物""失性于俗"的人，叫做"倒置之民"。（《缮性》）因而他极力推崇的是"素逝而耻通于事"，即抱朴而行，耻于周旋俗务，"藏金于山，沉珠于渊，不利货财，不近贵富，不乐寿，不哀夭，不荣通，不丑穷，不拘一世之利以为己私分，不以王天下为己处显。"（《天地》）这种人，全心全意守持着自己的人生信念，执著专一，心无旁骛。如同那位从20岁就开始"于物无视，非无察"的年高八十的工匠（《知北游》）；如同那位执臂若槁木之枝，不反不侧，不以万物易蜩之翼的驼背老人（《达生》）；如同那位替卫灵公募捐铸钟的北宫奢，"'既雕既琢，复归于朴'。侗乎其无识，傥乎其怠疑。"（《山木》）

这样的一种专注，一种矢志，一种诚朴，本身就显示出一种极高的人格美。不妨说，这是对艺术献身者的一种形象的描绘。

至乐：极度的心灵自由

庄子的哲学当然不是儒学那样的济世哲学，而且，尽管"其要本归于老子之言"（司马迁：《史记·老子韩非列传第三》），但老子的"道"派生出政治哲学，庄子则是纯粹地从精神方面加以发挥。

现代学者钟泰指出："庄子的真学问在《大宗师》一篇。所谓大宗师何也？曰：道也，明道也，真人也，大宗师也，名虽三，而所指则 也。特以其本体言之，则谓之道。以其本人言之，则谓之真人，谓之大宗师耳。""道"是万物之"宗"，体现了"道"的精神的人，就是"大宗师"。

庄子的"道"并不是一个具象，甚至是不可以命名的："道不当名"。老子以"无""有"为"道"的别称，庄子则在"无"之上更提出"无无"（《知北游》）。这就使得"道"在庄子这里有了更其广大的开放性，以至无穷性的意义。真正体现了"道"的精神的人，纯真无邪如同新生的小牛，对什么也不加以追究，只是顺着自然的规律，把握六气的变化，以游于无穷的境域，什么也不依待（《逍遥游》）。这样的人就是"搏扶摇而上者九万里"的大鹏也比不上。大鹏只有乘着风力才能飞往南海，"风之积也不厚，则其负大翼也无力"（《逍遥游》）。而真正的精神自由是无所待的，没有任何物质条件能够限制。依庄子的理想，这种人甚至"不食五谷，吸风饮露，乘云气，御飞龙，而游乎四海之外"（《逍遥游》），"堕肢体，黜聪明，离形去知，同于大通"（《大宗师》）。

作为哲学概念，庄子的"道"包含着两个方面的意蕴，一是超越世俗，二是自然无为。前者是要求挣脱一切精神桎梏（无所待），后者是将自然作为心灵的归宿（道法自然）。正是在这个意义上，庄子建立起了自己的美学观。可以说，庄子的文艺思想是同他的"道"浑然一体的，他的某些哲学见解也即是他的某些文艺见解。

庄子说过许多激烈的否定审美、否定文艺的话，因而被许多人认作是文艺乃至一切文化的取消论者。然而只要我们稍为深入一些，也就不难发现这种认识是有失偏颇的。

　　庄子说过"五色乱目，使目不明，五声乱耳，使耳不聪"（《天地》），说过"擢乱六律，铄绝竽瑟，塞瞽旷之耳，而天下始人含其聪矣；散五采，胶离朱之目，而天下始人含其明矣"（《胠箧》），也说过"彼知颦美而不知颦之所以美"（《天运》），说过"淡然无极而众美从之"（《刻意》），很显然，庄子并没有排斥美，否定美；相反，他把他极力推崇的那种美认定为"天地之道，圣人之德"，他所说的"众美"没有理由认为不包括艺术美。

　　庄子对美的指斥和对美的推崇，同样基于他的愤世嫉俗。他指斥的是王公贵族用粗鄙的感官享乐取代精神性审美愉悦。他视用钟鼓敲出的音乐，用羽旄装饰的舞蹈是"乐舞之末"（《天道》）。同时，他赞赏洞庭之野的"咸池之乐"。说这种大自然在广漠的原野上奏出的乐章，初听感到惊惧，再听便觉松弛，最后听得迷醉了，心神恍惚，不能自主。这即是所谓天乐。这种天乐用的是阴阳的和谐来演奏，日月的光明来烛照，声调可长可短，能柔能刚，变化有规律，又能翻陈出新，乐声充满坑谷，约制感官，凝守精神，以顺自然（《天运》）。

　　这段表述有两层意思：1.美是自然之乐；2.自然是无为

的，即无意识无目的的；也就是说，美是按照这个自然无为的规律化育而成的自然美。自然无为是自然美的原因，是美的本体。"夫虚静恬淡寂寞无为者，万物之本也"（《天下》）。它一方面是无意识无目的的，另一方面又自然而然地达到了美的境界，而且是美的最高境界："朴素而天下莫能与之争美"（《天道》）

摆脱了一切功名利禄缠绊的庄子，于淡泊宁静的极处，心神不禁融化于自然，与大自然同呼吸，共节奏，"静而与阴同德，动而与阳同波"（《天道》），自然即我，我即自然，从而使自己的全部身心真正进入自由王国。这自由不同于印度宗教的把欢乐和希望寄予彼岸世界，也不同于古希腊哲人繁琐枯燥的玄学思辨。庄子热爱自然、热爱生命、热爱生活，把人生当作了一次审美。而这美，是最高的美，即心灵的无限自由："且夫乘物以游心，托不得已以养中，至矣！"（《人世间》）

这是人生观，也是美学观。从"原天地之美而达万物之理"（《知北游》）的逻辑出发，庄子提出了一系列的美学主张：

第一，反对以伦理教化为艺术的唯一目的而戕害美。庄子指出：因为圣人出现，汲汲于求仁为义，天下就开始迷惑，人心失去朴实。好比做酒具，毁坏了完整的树木，制珪璋毁坏了洁白的玉，因为所谓"仁义"，废弛了"道"，而礼乐则离异了人的真性情，宣扬"仁义"的文章和体现礼乐的六律破坏了与天地之德相和谐的色彩和声音。这是圣人的过失（《马蹄》）。庄子"剽剥儒、墨"，形成了以审美为中心的文艺思想。相对于儒家以伦理教化经世功用为中心的文艺观，道家文艺观更多地揭示了文艺的内部规律。

第二，肯定艺术直觉的作用。针对儒家理性对心灵活动的箝制，庄子指出并肯定了艺术直觉的存在和作用。"若一志，无听之以耳而听之以心，无听之以心而听之以气。耳止于听，心止于符。气也者，虚而待物者也。唯道集虚。"（《人世间》）耳是听觉，可以接触外物，心之官则思，也只能止于事物的表象，只有"气"，一种在虚静状态下产生的空明（虚）自由的精神境界才能容纳和感悟一切外物的美的真谛。艺术家有了这样一种空明和自由，亦即是产生了这样一种感觉与理智相溶合的超越性的艺术直觉，才能真正作出自己的美学选择，"静故了群动，空故纳万境"（苏轼《送参寥师》）。

第三，强调美与真的统一。这里的"真"不是指一般所说的"真实性"，而是自然天真，人的真性情。"真者，精诚之至也。不精不诚，不能动人。故强哭者虽悲不哀，强怒者虽严不威，强亲者虽笑不和。真悲无声而哀，真怒未发而威，真亲未笑而和。真在内者，神动于外，是所以贵真也。"（《渔父》）庄子要求"法天贵真，不拘于俗"，认为"功成之美，无一其迹"。（《渔父》）他因此嘲笑那位模仿西施病态的丑妇，（《天运》）嘲笑那只卖弄聪明，好表现的猴子。（《徐无鬼》）强调"不刻意而高"（《刻意》），"覆载天地刻雕众形而不为巧"（《天道》）。

此外，庄子大力提倡艺术的真诚。把艺术创作的过程看得极为神圣（《达生》）；注重内在的精神美，认为"德充于内自有形外之符验"（《德充符》）；以及对艺术家的不受陈规拘束加以赞赏（《田子方》）。

至美：恣肆的艺术表现

《庄子》无疑是一部奇书。完全用文学手法表达哲学思想，用形象思维反映逻辑思维，这在哲学史上是绝无仅有的。作为散文，"其言汪洋自恣以适己"，在先秦诸子中独树一帜，是先秦最具艺术意味的散文，后世散文也罕有能与之相比者。

关于《庄子》的风格，《天下》中有一段相当完整的表述

（可能是庄子后学的总结）：

"寂漠无形，变化无常……芒乎何之，忽乎何适，万物毕罗，莫足以归……以谬悠之说，荒唐之言，无端崖之辞，时恣纵而不傥，不奇见之也……以卮言为曼衍，以重言为真，以寓言为广，独与天地精神往来而不敖倪于万物……其书虽瑰玮而连犿无伤也。其辞虽参差而諔诡可观……弘大而辟，深闳而肆；其于宗也，可谓稠适而上遂矣。虽然，其应于化而解于物也……"

显而易见，《庄子》的美学风貌，亦即是庄子的人格体现。

庄子是浪漫的。他对自然、对真性情的崇尚，决定了他的思想活跃，情感率真，最典型地体现了先秦时代与儒家古典主义相对立的充分的浪漫主义。

庄子的浪漫主义同南方"洞庭之野"的楚文化生气相通，而与北方古典的商周文化相对立。商周文化讲究的是数量、理智、秩序。比如用珪来标明爵位和价值；器用不同而合金的比例也不同（《考工记》所谓"金有六齐"）；街道呢，则"周道如砥，其直如矢"。（《诗经·小雅·大东》）他们的精神重在凝重典实，"实发实秀，实坚实好"。（《大雅·生民》）这种凝重坚实的文化的最好代表可以看铜器，尤其是鼎。楚文化和这恰可作一个对照。它是奔放的，飞跃的，轻飘的，流动的。最好的象征是漆画。这两种文化，也可以说一是几何学的，一是色彩学的。在周文化那里，无规矩不成方圆，在楚文化这里，却青黄杂揉，同大自然生命运动和无限自由相联系的空间美和动态美的高度重视，全然不似北方艺术的色彩和纹饰的庄重沉静。楚文化注重奇特想象，孔夫子则不语怪、力、乱、神。《诗经》形式方正严整，几乎没有神话，偶有，也被理性化、神圣化了。当时少受礼教规范而被称作"南蛮"的楚地，是艺术的沃土。正是在这样的沃土上，孕育了"寓真于诞，寓实于玄"（清·刘熙载《艺概》）的庄子。"文之神妙，莫过于能飞。庄子之言鹏曰怒而飞，今观其文，无端而来，无端而去，殆得'飞'之机者。"（《艺概》）

庄子是雄浑的。庄子论美，时常同"大"联系在一起：

"秋水时至，百川灌河，泾流之大，两涘渚崖之间，不辨牛马，于是焉河伯欣然自喜，以天下之美之尽在已。"（《秋水》）大，就似乎尽收其美了，如果自以为大，就是丑。

"天地有大美而不言"（《知北游》），天地何其广大邈远，这是最大的美。

"夫天地者，古之所大也，而黄帝、尧、舜之所共美也。"（《天道》）天地自古以来是最大的，因而也就是最美的，这似乎也成为美的一个法则。全身心沉醉于大自然的庄子感到自己同天地万物溶为一体，"精骛八极，心游万仞"，（陆机《文赋》）因而有着极大的胸襟，包罗万象，纵横捭阖。这是一种观念，也是一种度量，一种气魄。使一切视野促狭，思想浅薄，蝇营狗苟于雕虫小技、杯水风波者深觉自哀。

庄子是潇洒的。他解释他的哲学思想，不用抽象的逻辑推理，而宣之以充满情感的形象。他深刻地意识到有限与无限的矛盾，有限的逻辑思维、语言能力在表达无限的宇宙万事万物上的矛盾："道不可闻，闻而非也；道不可见，见而非也；道不可言，言而非也"（《知北游》）。他因此聪明地用寓言来表达他的思想。寓者，寄托也。"寓言十九，藉外论之"，（《秋水》）不仅如此，庄子甚至将自己的身心、性情、情感的表达直接转移到外物，使自己同对象化为一体：

"昔者庄周梦为胡蝶……不知周之梦为胡蝶与，胡蝶之梦为周与？……此之谓'物化'"（《齐物论》）。

这种移情于物的审美联想，审美想象，不妨说显示出移情说的倾向。"与物为春"，（《德充符》）心灵同外物一样充满益然春意，有了这种超然的审美态度，才能使对生活的感受能力更为活跃，更为自由。庄子强调的正是这样一种活跃自由的感受：

"若夫人者，目击而道存矣，亦不可以容声矣。"（《田子方》）

看一看就领悟到了，何须要用声音说出来。庄子由此要求别人读他的文章也不要拘泥于字句，而应该忘其言而得其意："筌者所以在鱼，得鱼而忘筌；蹄者所以在兔，得兔而忘蹄；言者所以在意，得意而忘言。"（《外物》）

庄子在自己的生活和艺术中悠然裕如，一如庖丁解牛。（《养生主》）为人则一任洒脱，卓然自在，不随流俗俯仰；为文则极尽飘逸，"咸其自取"，如同"天籁"（《齐物论》）。

"夫得是，至美至乐也，得至美而游乎至乐，谓之至人。"（《田子方》）可以说，庄子自己就是这样一位"至人"。一部《庄子》，也以其汪洋恣肆的"至美"艺术景观影响和激动了一代又一代文学巨匠。鲁迅盛赞"《庄子》汪洋捭阖，仪态万方。"郭沫若更热情地说："庄子在中国文化史上的确是一个特异的存在，他不仅是一位出类的思想家，而且是一位拔萃的文学家"（《庄子与鲁迅》）。庄子的人生态度、哲学思想以及艺术创造，洋溢着卓越艺术家氤氲大气般的艺术精神。正是这种艺术精神，使得庄子及其美学观在中国真正的艺术家心目中产生了极为广大极为深刻的魅力。在强调弘扬民族优秀文化的今天，有选择地将其美学思想包括其精神品格方面的积极面加以继承，对于当代文学以及当代作家的人格修养，相信是不无益处的。

（1990年）

人·人体·人体艺术

一、裸体依旧是个问题

20世纪90年代初，中国青年出版社出版了我的长篇小说《裸体问题》。让我始料不及的是，这书名竟成了一个问题。

《裸体问题》最初的书名是《山鬼》。出于小说的"引子"：中文系的几位才子在组织毕业演出时打算把屈原的《山鬼》搬上舞台，按才子们的设计，"被薜荔兮带女萝"的山鬼几乎不着装，特别是到了"表独立兮山之上"那一幕，山鬼立于舞台最高处，其时灯光转暗直至熄灭，只剩一束强烈追光将山鬼笼罩。于是山鬼赤裸的身体便在一片屏息静气中夺目地呈现于千百双在黑暗中闪闪发光的眼睛前面。"目的是经由一个浪漫色彩浓郁的故事，开掘人类文化学的深层意义。"这设想尚未付诸实施即引起了全校种种相互尖锐对立的强烈反响。小说也就由此展开。

小说写了东方大学一群老少书生，他们的现实处境、历史传承，他们的人格、思想、心理状态。平心而论，这是一部不怎样的小说。通篇结构破碎，没有章法，同时充满了令人倒胃口的、浮浅的甚至夹生的议论和分析。像我所有的小说一样，缺乏小说最不应该缺乏的故事性和可读性，以及差强人意的爱情和色情的描写。

为此，正式出书前，出版社有人建议将书名改为《校园裸女》。这使书的出版出现了危机。我无法想象更不可能接受这样一个书名。我在电话里坚决抗议：如果出版方面坚持他们的意见，我要求撤稿。责任编辑陷入两难，希望我能理解出版方面在商业上的考量，稍作妥协。

妥协的结果就是后来的《裸体问题》。我作这更改的三个支柱是：一、小说的叙述确由"裸体问题"引起。二、小说的颇为狂妄的立意是"拷问当代知识分子灵魂"，为此必须把传统和现实加在他们身上的伪装剥个一丝不挂。指导思想是恩格斯的名言："真理是赤裸裸的。"三、"裸体问题"只是一个中性的词，并且理性色彩再明显不过了。

为了充分说明这些，我又就创作思想写了专文在书出版的同时发表在《中国青年报》上。责任编辑还邀请了著名作家和评论家在中央电视台的相关栏目做了专题评介。

　　但所有这些，都几近徒劳。由"裸体问题"这样一个区区书名引起的问题从此恶梦般地纠缠不休。我在小说"引子"部分预言的那个尚在拟议中的"山鬼"必然引起的"链式反应"，直接发生在我自己身上：管理部门及时调阅；道德卫士撰文抨击；连一个私生活声名狼藉的行业小报的中年女编辑也一见书名就嗤之以鼻。使我哭笑不得的是，小说的发行量大出出版方面意外：首印之后很短时间里就再版一次。使一本枯燥乏味的书居然没有赔本。其中显然有相当数量的顾客是上了书名的当。尽管我拿的是固定稿酬，发行量与我的经济利益无关，但我仍颇觉内疚。似乎是成了某种欺骗行为的同谋。

　　很多年过去，我以为《裸体问题》已被遗忘，没有想到，不久前，我在某地谈论写作，还有听众告诉我，她的书架上因为放过一本《裸体问题》，至今被人非议。非议者的看法是：即使是作为摆设，有这种书名的一本书也不该出现在一个良家妇女的书架上。

　　我心里忽然生出了一种莫名的执拗：即便小说真的通篇写了裸体，也就真的罪莫大焉了吗？

　　《裸体问题》中，中文系才子们的设想自然是我的杜撰。我让小说人物阐释说：山鬼将被表现为一个无知、愚昧，同时

又多情、纯真，未受丝毫礼教观念污染、为所欲为而毫不矫揉
造作、充满野性诱惑和青春朝气的原始部落中自然情欲的象
征。她的对立面则是中国传统文化中典型的封建理性——这种
文化发展得已经足够进步和完善，其理想人物在道德上的自修
自省达到了尽善尽美。它压抑了人的本性中的"恶"的一面。
与此同时，也使人走向虚伪、矫饰，丧失以真为原则的美，
以至真、善、美割裂。小说所以由此发端，是因为"当时，反
叛是东方大学的流行色。反叛的直接对象是东方大学自身的古
老。激进的人们觉得，这古老带来一种令人窒息的沉闷。任何
打破这种沉闷的标新立异、哪怕类似于美声合唱中的一声狗
叫，都会引起他们的喝彩。"

　　小说中，才子们希望由此在东方大学引起一场革命。由于
学校行政当局的干预，一直到多年后，这个曾是东大最现代的
一代人的愿望才得以实施。我在小说的结尾写道：

　　"但是，演出并没有出现想象中的轰动。人们平静地接受
了事实……许多经历过当初的激动的人甚至想象不出当初那种
激动的理由，当初有什么必要争论得那样激烈，那样剑拔弩
张，势不两立？当舞蹈家以几乎完全裸露的身体的曲线揭示艺
术的真谛的时候，人们想，这一切不是再自然不过的吗？难道
还有更适当更具有美学意义的形体语言可以取而代之吗？"

　　小说发行后的事实证明，这纯粹是一种天真的臆想。类似的艺术构想即使有过，我也从没有在本土的现实生活中看到过任何正规意义的艺术实践，在可以想象的将来也未必能够看到。

　　然而，天真并不等于错误。在将一个"裸体问题"作为一部小说的开篇的当时，我对其中的意义并没有太多的自觉。这自觉的发生，是在对艺术史有所了解之后。

　　人体从来就是表现审美观念的最敏感的主题。从文艺复兴开始，裸体画实际上就是艺术家审美观念的对应物，常常成为新观念挑战世俗传统的旗帜，借以表现一种新的社会思潮、新的道德观念及标准。当库尔贝的《画室》把一个女裸体公然置于下层社会的工人、农民、猎人、牧师、犹太人和巴黎圈子的诗人、小说家、哲学家、收藏家之中，并称这是表现他的艺术的基本准则的一个"真实的寓言"的时候，他实际上是向那些嘲弄他奚落他粗野、寡廉鲜耻、伤风败俗的传统捍卫者发出了一个现实的宣言："如实地表现出我那个时代的风俗、思想和它的面貌，一句话，创造活的艺术，这就是我的目的。"库尔贝在他的人体画中甚至从不回避色情，在他的艺术中，色情是一种反叛的象征。他用人体所标榜的独立不羁的审美观念，对艺术发展乃至对社会进步所发生的积极影响，早已得到艺术史的承认。

如果说《裸体问题》难以平静的余波是我写出这篇文字的直接动因，那么这个也许不尽准确的认识，则成为我为这本画册撰文的一种信念。

二、最淫秽的是性虚伪

事实上，因为无数先驱者的勇敢努力，在今天，谈论艺术表现中的人体已不需要吞吞吐吐的长篇大论。人们对人体艺术的接受更多的并不是观念问题，而是实践问题。

20世纪80年代，我在北京参加人大会议，一次小组讨论，几位代表义愤填膺地谈及影视剧刚刚露头的接吻拥抱和薄、露、透镜头。我一面很敬重他们的社会责任感，一面觉得有必要为艺术作一点辩护。我当时选了一个他们以为尖锐的话题：讲了将近一个小时的《查泰来夫人的情人》。讲劳伦斯性描写的深刻和《金瓶梅》在这方面的粗浅，讲他对自然力的崇尚和对工业文明的蔑视，讲他在艺术上的高明和在社会改良思想上的幼稚，讲英国政府当初控出版方犯有出版淫秽作品罪而将该书列为禁书的同样的道德严正和30多年后的解禁。在座众人一个个听得极为入神，我想他们应该多少会有些触动。然而后来我知道，他们中间的许多人事后一旦谈起来，总要强烈表明自己是视我为异类的。

今年春节，跟一位在剧团负责的朋友谈到他们正在编排的一个根据景德镇民间故事改编的舞剧，其中最重要的一场戏是女主角跃入火窑成就贡品。朋友觉得现有的编排不尽如意。我忽发奇想，建议不妨吸收一点西方艳舞语言，将女主角置于舞台中央的高处，下临满台熊熊烈火，慢慢旋转，逐渐去衣，直至全裸，终被烈火淹没。巨大的乐声与全场灯光刹那灭去，一片黑暗和静谧。良久，灯光渐明，乐声渐起，大幕缓启，台上是恢弘华丽但肃穆黯淡的宫殿正堂。居于堂奥深处的是一只典雅高贵、粲然闪烁的花瓶。从而顺理成章地运用花瓶作为女人体的象征意蕴。相信会有较好的舞台效果。朋友当时极表欣赏，却以为无法尝试，甚至无法公开说出。因为"到底国情不同"。

对人体表现的恐惧和反感并不仅限于中国人。去年我的几位摄影界朋友筹集经费跑到俄国去拍人体。事先以为那里的女人放得开，又缺钱，实际情况满不是那回事。好不容易找到一个金发碧眼但相貌平平的女人，要价不低，还始终别别扭扭，非找个没人的地方，也不乐意听从最起码的摆布。其结果是拍回来的照片，除了没穿衣服，没有任何值得一提的地方。

西蒙·波娃在《第二性——女人》中很清楚地指出过这种现象：女性"爱她自己的身体，通过爱慕和欲望，她赋予生命于她看到的影像。"她们常常"骄傲于看到镜中所反映的身体"，当她们"看到镜中她自己的影像时，欲望、爱情和快乐，都在她美丽的脸上反映出来……即使一个相貌平庸的女人，也会用她自己的眼睛找出只有属于她的特殊可爱的地方，然后就进入自我陶醉的状态中。"有人甚至会想："真是可惜，没有人能看到我的裸露的身体，充满了青春和美丽。"但是，与此同时，她们又会极力避免那包罗一切的凝视，"她的害羞心理，部分是学来的，但它亦有很深的根源。男人女人都耻于他们的肉体：在它的纯粹死板的存在中，在它的不合理的含蓄中，肉体在他人的凝视下是一种荒谬的偶然之物。"

人体表现所以敏感，根源显然在性。

从一开始，人类就是从性意识的觉醒中告别动物而认识自己的。经由最原始的文身、装饰、绘画、雕塑、歌唱、舞蹈以及巫术活动对自身的再现和创造，首先是充满了对性的崇拜和对生殖的神秘感，以及对其中无限快乐的迷恋。我们的祖先在"用最野蛮和最热烈的体势以发泄他们性欲上的兴奋"（西塞罗《艺术的起源》）的过程中完成着性的选择，又在性的选择中孕育和发展了自己的审美情感。生存和生殖的欲望，性爱和审美的需要形成了一个统一的整体。人类审美意识一经出现，就烙上了性的印记。

对人类来说，性同生命本身一样，是存在的最后根据。所谓"性命"，性即是命，甚至高于命。多少人为了维护性的尊严，毫不犹豫地舍弃了生命。

性在人类生活中的至尊地位，是与生俱来的。

我并不一般地赞成人类在走出原始乐园之后扭曲乃至迷失了自己的本性的说法。原始人基于繁衍的本能，将生殖器官作为图腾，或是遮蔽性器官作为性吸引的方式，的确体现出一种蒙昧状态下的审美意识的天真。但这并不足以构成诟病文明人类对性的保守的理由。对性行为的规范以及性意识的道德化，是文明的直接后果。这后果对于人类成长的意义是不容置疑的。蒙昧时期的性炫耀和文明时期的性隐秘，只是从两个不同的极端表现了性在人类观念中的同样的极端的意义。从这个意义上说，现代女性的羞耻感是再正常不过的。

令人憎恶的是随着性专制的出现和强化造成的性意识变态即性虚伪。

在欧洲中世纪的千年黑暗中，我们一方面看到握有政权的教会以上帝的名义将亚当和夏娃逐出乐园，宣布人的肉体和性欲本身即是罪孽，禁欲主义的铁蹄残暴践踏人性；另一方面，又同时可以从王公贵族公然对初夜权的享有和僧侣教士私下的寻欢作乐看到性占有和性放纵的疯狂。

在中国更加漫长的专制桎梏中，我们更是不难看到一面是森严壁垒的男女之大防，"饿死事小，失节事大"，除了膜拜皇权、读书诵经、修身养性，人性几无立锥之地；一面是帝王嫔妃倡优如云、官僚姬妾家妓成群，连大讲"遏人欲而存天理"的理学家朱熹也"诱引尼姑二人以为宠妾"（徐君、杨海《妓女史》）。

道德的伪善和言行的相悖，令人发指。

在漫长的历史时期，性虚伪几乎成为一种维持统治秩序的主流意志。人的正当欲求被压抑到甚至走向自己的反面。

美国医生艾德·惠特博士在一本为基督徒的性问题解困的专著中很感慨地举例说："我认识一位基督徒，他无法忍受我将神与性相提并论。对他而言，性与基督徒生活是水火不容的两回事。他认为性关系是肮脏、不洁的，每次进行房事时，他都有很深的罪恶感，往往匆匆了事，态度粗率，毫无乐趣可言。这种对性的错误观念，严重的影响他与妻子的关系……还有一位姐妹，已经结婚25年了，但至今仍不知道什么叫性高潮，也不确定自己是否曾有这种经验……另有一对夫妇，他们的自尊在床第之间都深深受伤，以至于两人行同路人……此外还有难以数计的人们，其婚姻不仅毫无喜乐可言，而且充满痛苦。"

而过早成熟的华夏民族，更是把对人欲的禁锢发挥到极致。女性不惜束胸、裹足以自残，乃至以比性酷刑、性摧残、性迫害更大的精神自戕去捆绑自己作为人的本能的一切欲望。

在这种情形下面，人体艺术会有怎样的处境是可以想象的。

在中世纪末到文艺复兴初的交替时期出现的人体绘画有大量圣女忏悔、处女受难的图景，裸体少女与血淋淋的情景暴露于同一画面。然而"绘画在这里的主要任务就在于用摧残肉体的形状把殉道者沐浴神福的气象衬托出来，在面容和眼神的特点上描绘出抛舍、对苦痛的克服，以及自觉神的精神就体现在自己身上的喜悦。"（黑格尔《美学》）即便张扬希腊古典精神的文艺复兴，在人体表现中也不能不打着敬神的旗号。

而古典中国几乎就没有出现过严格意义的裸体艺术。佛教传入中国，崇尚肉感的印度宗教艺术中性别分明的裸体竟被汉化成了中性。10年前我在敦煌看到壁画上体态丰腴婀娜的飞天袒露着男性的胸脯，很是不解。请教专家，说是佛皆非男非女。不免黯然。唯北周时期的代表窟之一的第428号窟，其后室的人字坡平棋顶上所画的化生童子是全裸的。这大约是莫高窟壁画中最后一批裸体了。此后的壁画再无类似形象。显然因为觉得有碍观瞻，担心人们见了裸体，不是心猿意马，就是恐惧以至恼怒。即便是童子，也不行。我于是从此对中国的佛教艺术乃至寺庙都有了也许不无偏颇的成见。

一种博大雄厚的文化，不仅可以限制人的肉体，甚至可以限制神的肉体，这不能不说是一种同样巨大沉重的悲剧。

这悲剧之为悲剧，在于它导致的是整个民族心理的扭曲和变态。

虽然露体的羞耻已经成了现实生活中的道德伦理，人们在道德说教上对肉欲予以鄙视，并且似乎自愿地接受了那种无形的道德约束，但潜藏着的欲望又何曾放弃过抗争。春宫画在民间的流行，就是一个突出的例证。即就是在佛的大庄严妙相的深处，其实也并没有禁绝人性的律动。我在许多寺庙见过欢喜金刚的壁画，敦煌465号窟甚至还有一座残破的雕塑，表现的是男女交媾的所谓"双身双修"，即把性活动作为修持法门。尽管往往形象狰狞，人们还是不难看出生命活动盛炽时的夸张变形。《佛说秘密相经》中明明白白地写着："……住于莲花上而作敬爱事……作是法时得妙快，乐无灭无尽"，称这是"诸佛最胜事业"。然而，说是"反修"即从人生极易沉沦处寻求解脱也罢，说是"调伏一切众生，由此出一切贤圣，成就一切殊胜事业"也罢，世俗如我还是很难不觉得这样的修持会一点没有纵欲的可能。事实上，密宗在元王朝传布的时候，君臣上下无时无处不在的性交把宫廷弄得几乎与妓院无异、足可与罗马帝国媲美，是有证可考的。

令人遗憾的是，性虚伪在现代生活中并没有绝迹。

鲁迅曾经很尖刻地冷嘲过道学家的看见白胳膊就想见全裸体就想见性交。他大约不会想到，大半个世纪过去，"道学家看见淫"的敏感和道德尺度的严厉，比他所在的时代会有过之而无不及："白胳膊"不仅看不得，连文字的表达也成为低级趣味了。

在我有限的人生经历中，见过不少这样的人：他们在公开场合永远是道貌岸然，义正词严，私下里却蝇营狗苟，无所不为。虽然不好以类似的经验去揣测一切道学家的品性，但这类批评文字常不免让我想到一种商业行为：一段时间，街上常有一些同性有关的展览，以渲染性的丑恶、性的罪恶、性的恐怖来"宣传性科学"。商人们的用心是既以性主题牟利，又讨好政府和社会。

在丰富多彩的市场经济格局中，将贬低性、丑化性、亵渎性作为一种商业手段，虽然多少表现出一点想象力，但到底是小本经营，并且也多少有一点鬼鬼祟祟。

　　一面是丰乳壮阳的广告铺天盖地，一面却非难作家用对生理形态和反应的描绘作书名，这就很难不让人感叹社会心理的畸形。即便认定这一类的书名是在利用某类读者的"不良"心理带来的市场空间，那么，如果真是对社会负责任的话，似乎更应该追究的是那种"不良"心理所以形成的原因。

　　应该被谴责的只能是性虚伪对社会和心灵的毒化。

　　我偶尔在一张被丢弃的报纸上看到一则报道：两个农村青年，一个进书店做贼似的买了一本书名很性感的书，另一个等在外面的发现后，严厉斥其下流，使之无地自容。这则报道的目的自然是要证明那个书名的社会效果是怎样糟糕，甚至不为最普通的农村青年的道德自觉所容。然而正是这种"道德自觉"，使我因为悲悯而不寒而栗。

　　即便那个买书的青年不是文学爱好者，仅仅是对那个书名好奇，又有什么可指责的呢？一个身心健康的青年对性好奇，不是再正常不过的吗？"非礼勿视"到这种程度，究竟是谁的不幸呢？

　　几十年前，一向平和的林语堂在谈到劳伦斯的《查泰来夫人的情人》的时候，不免激愤地说"是的，我们是不健全的，像一人冬天在游泳池旁逡巡不敢下水，只佩服劳伦斯下水的勇气而已。这样一逡巡，已经不太心地光明。裸体是不淫的，但是待要脱衣又不脱衣的姿态是淫的……这其间的不同，只在毫发之差。性交在于劳伦斯是健的，美妙的，不是罪恶，无可羞惭……羞耻才是罪恶。"（林语堂《谈劳伦斯》）

几十年后的人们难道还必须为"要人归返于自然的、艺术的、情感的生活"（同上）而呐喊疾呼吗？

我不相信那个满怀道德义愤的青年有多大的代表性，也不相信那则小报新闻有多大的导向意义。倘有，那真是现代生活的莫大悲哀，是对我们乐观想象的日益进步的理性的莫大嘲讽。

三、正视自己正视美

艺术的中心是人。所谓艺术，就是经过审美改造的形式表现人。它既然把人作为自己注意的中心，就不可能在反映人的社会实践的同时，不反映使人激动的种种情感。按照黑格尔的说法，对艺术的向往，对想象所创造的审美虚构的向往，是对平庸乏味的"平淡现实"的否定。艺术世界是一个精神焕发的人的本性的特殊世界。

毋庸讳言，将人的肉体即便是作艺术的裸裎，人们在潜意识里也常常获得的是使压抑的欲望得以宣泄或炫耀的满足。正如一位西方摄影艺术家所言："任何有关裸体的意象，即使是抽象的或模糊不清的，都或多或少会引起人们的遐想。否则，不是作品太差就是假道学。"

马克思认为性欲和饥饿属于"固定的"动力，它"存在于一切环境之中，而且它们只是形式和倾向方面可能被社会条件所改变。"（《马克思恩格斯全集》）恩格斯也说过："人来源于动物界这一事实已经决定人永远也不能摆脱兽性，所以问题永远只能在于摆脱得多些少些，在于兽性和人性的程度上的差异。"（《反杜林论》）

在人类文明的进程中，人的兽性越来越被人性所代替，"固定的"动力越来越以审美的形式和倾向出现，人们逐渐从美的角度去关注自身。四出突进的原动力通过美的升华来完成能量的释放，原始欲望被疏导到艺术的殿堂而得到缓解。许多精神和心理学家对这一审美机理进行过深入的分析。

性科学的前驱霭理士在《性心理学》中分析道："在性心理学的范围以内，所谓升华包括两点：一是生理上的性冲动，或狭义的'欲'，是可以转变成比较高尚的精神活动的一些动力；二是欲力既经转变，就不再成为一个急迫的生理上要求……'升华'也许不止是一个名词，而确代表着一种由粗入细、由质入文、由生理的冲动变为心理的力量的过程，而此种力量的消耗大致相当于欲力的消耗，而消耗所获得的满足亦差足以代替性欲的满足"。性科学的另一位前驱人物弗洛伊德甚至更进一步认为，人类整个文明是由一切本能的力量升华而成的，而所谓"一切本能"自然包括性本能在内，"冲动是最有可塑性的"。尽管并非不存在歧见和争论，只要不是禁欲主义者，精神和心理学家们又大都同意："艺术的创造和性的升华，关系最深且切"。

然而，"升华"并不等于从根本上取消了人的原始欲望。意大利精神学家阿萨奇奥里特别指出："一个人要真正获取升华的益处，第一必须纠正他对于性的观念，决不能再把它看作兽性的表现而引为可耻，因此非加力抑制不可；这种错误的观念存在一日，即一日得不到升华的效果……性的冲动纵然强烈，也不难把它和高水准的情绪活动与理智活动联系起来而转移它的出路"。按照弗洛伊德的说法，艺术想象力是性欲的抽象的思想补偿。性欲在现实生活中得不到实现，于是就转化为幻想和自由的艺术创造。

这种纯粹站在性科学立场的对艺术的谈论也许有可能引起争论，但它所提供的认识角度肯定具有参考价值。应该说，艺术既不是完全以性为主题，也肯定不是与性主题水火不相容。艺术作为再现生活的高级形式，能够在客观上极其细腻地转化人的感情、欲望和热情，使奔放的冲动表现为想象的驰骋，缓和情欲的原始冲动，以审美的方式驾驭本能，从而使肉体欲望高尚起来。艺术在人的意识上设置一道独特的屏障，它使野性的盲目的肉欲变成"聪明的情感"，使人"神经能"得到最恰当的"释放"。在这种似乎矛盾的情境中，正常人受到的不是痛苦的折磨，而是"光明高尚的轻松感"，即情感的享受。（瓦西列夫《情爱论》）维戈茨基的这一观点，对于人体艺术的意义尤为直接。人体艺术在人类进入文明时期之后所以历经无数磨难而顽强地、理直气壮地存在着并发展着，我想，就是基于这一坚实的美学信念吧。

人体艺术在观念上的合法性，从根本上取决于它的审美指向。

卢梭指出：艺术并不是对经验世界的描绘和复写，而是情感和感情的流溢。艺术家的眼光不是被动地接受和记录事物的印象，而是要通过心灵的观照，发现自然事物的美。所谓美感，就是对各种形式的动态生命力的敏感性。一如丢勒所言："艺术家的真正才能就是从自然中'引出'美来。"与此同时，艺术家不仅必须感受事物的内在意义和它们的道德生命，还必须给他的感情以外形。而外形化意味着不只是体现在看得见或摸得着的某种特殊的物质媒介上，而是体现在激发美感的形式中：韵律、色调、线条和布局以及有立体感的造型。在艺术品中，正是这些形式的结构、平衡和秩序感染了我们。"一旦经过了系统化的发展，雕塑和绘画就逸出了纯粹自然主义的领域而进入真正的艺术王国。"（希德布兰德《造型艺术中的形式问题》）只有把艺术理解为是我们的思想、想象、情感的一种特殊倾向、一种新的态度，我们才能够把握它的真正意义和功能。这样的艺术品绝不是单纯的摹本和照相，而是人的内在生命的显现。正是在那里我们看见了感性世界的全部丰富性和多样性。

就人体艺术而言，艺术家的任务则是经过艺术的概括和抽象，使赤裸裸的人体超越具体与有限，把人的形象提炼成纯粹的、没有任何附加标志的"人"。在艺术改造的过程中，注入自己对人的发展的理想，创造性意识的审美化，揭示人体美的奥秘或者说人体的美感魅力，从而用直观的翅膀把人的微妙精神送上理想的境界。

指出裸体表现的审美性目标，是为了同非艺术的裸体呈现相区别。毫无疑问，并非一切裸体都自然等于裸体艺术。浴室景象是人体艺术常见的题材，并不等于凡浴室即是人体风景区。我上中学时有位青年女教师因为精神失常而在光天化日之下的操场裸奔，引起的只是一片惊慌。在网上见到澳大利亚女足以及反战人士在伊拉克的集体裸照，又听说加拿大一档名为《赤裸的新闻》电视节目男女主播都以一丝不挂的身体面对观众，相信即使在客观上不无审美效果，但他们的主观愿望显然并不是为艺术献身。

上述一切，只是艺术创造的主观愿望。从接受方面来说，同样存在着审美情操的培养和提高的任务。德国哲学家恩斯特·卡西尔在他极为推崇人创造"理想世界"的能力的《人论》中特别说道："要想感受美，一个人就必须和艺术家合作，不仅必须同情艺术家的感情，而且还必须加入艺术家的创造性活动……因为美既依赖于某类特殊的情感，又依赖于一种判断力和观照的活动。"他进而引用更早期的哲学家夏夫兹博里的话说："……因为形式如果未得到观照、评判和考察，就绝不会有真正的力量，而只是作为受刺激的感官的偶然的标志而已……因此，只具有动物性感官的动物，就不能认识美和欣赏美，当然人也不能用这同样的感官去体会或欣赏美：他要欣赏的所有的美，都要通过一种更高尚的途径，借助于最高尚的东西，这就是他的心灵和他的理性。"

艺术的最大功绩和特权就在于它烧毁了与平庸的实在相连的所有桥梁。马拉美的话并不过分："一首诗对于一个庸人来说一定是一个谜，室内四重奏对于一个门外汉来说也是如此。"应该承认，除了有意识的性虚伪之外，裸体艺术在接受上遇到的困难，与艺术认知能力的局限也不无关系。

值得欣慰的是，人类发展和美化自身的理想是如此执着。一代一代艺术家用自己坚韧的奋斗和卓越的成就，在为客体创造审美主体的同时，也为主体创造了审美客体。传统日益显示出其并非一成不变的性质。"我们关于性的观念隶属于一种已成为过去——或者正在成为过去的世界观。"（莎丽·海特《海特性学报告》）随着现代人性观念的深刻变化，承认性与美的一致、承认美的内涵就是性的内涵、承认性在审美活动中的正当地位的观念，正在为越来越多的人所接受。即使是具有"可怕的真实性"（爱默生）的人体摄影艺术，也已经可以举行公开的展出。充分表明了社会对人体艺术承受能力的莫大加强以及由此反映出来的社会文明程度的莫大进步。

至此，我想借用一位学者的表述，对人类对自身表现的认识和实践作一个大致的勾勒：

原始人类朴素地夸大人体中有直接生殖能力的部分，本能地使生殖神秘化，偶像化，显示出原始人类对生命的崇拜；中世纪禁欲的虚伪将人体遮蔽起来，在漫长的岁月中顽冥地禁锢生命的舒展；文艺复兴时期，人们高举起人文主义大旗反抗中世纪黑暗，尽情借助人体歌颂自然，歌颂青春，歌颂爱情，歌颁自由，歌颂平等，歌颂正义，使人性恢复自然的坦直，空前地丰富了作为语言存在的人体的价值；现代社会更多地揭示了人体语言的潜在内涵，不断拓展人体对于发展人类悟性的有效作用，用人体去联系自然界中的各种生活现象，让人体作为概念浸透到人类更深一层的意志中去。人体不仅是人体，而是一种象征，一种意识，一种哲学，一种广泛地影响人类存在的质量的事物。

愿人们对自身的正视成为一种对美好生命的祈祷。愿人们拥有更博大更高尚更热烈的爱：爱生活，爱生命，爱自然，爱人和自己，以及像神性一样蕴含在这一切之中的美！

（1994年）

逻辑·意义·典型性及其他

——关于文学的一封信

从外地回来的这些日子，我除了一面上班，一面就是看带回的你这几本书。小说和外访故事还没有来得及读完，着重看了文论，有的章节看了不止一遍。生出许多想法，觉得有可能写一篇大的文章。但细想一下，又有些难处：一是有一种你常提到的"畏惧"感（你在书中多次提出。其实在你是不必要的，你并不真的"畏惧"），恐怕对你的想法以及你在书中所涉及到的领域并没有深切的掌握，不能把事情讲清楚。二是时间上有问题，有些突如其来的想法很新鲜，拖久了，便黯然，反倒弄得一点意思也没有了。不如就这样拉拉杂杂地把一些随感记录下来，贡献给你，对与不对还可以由你指正。这样，日后如有可能写逻辑严密的文章的时候，还可多一些确凿有用的思想材料。

你这本书所显示出来的作者在观念上的自信与表述上的优雅毫无疑问是足可以令人激赏的。一个在当代文坛已经取得成功使海内外瞩目的作家，结合了自己的经验，将自己的对艺术的领悟作出如此肯定的理性表达，我觉得是很可以征服人的。无论是否认同其中的所有观点，但这书应该能够引起较广泛的注意。我在江西孤陋寡闻，不知文论界有些什么反应至少沉默是不可理解的。因为它为当代文坛提供的新的思路、新的视野、它的新鲜而切实、它的平易而独到、它的真诚而敏锐，都使文论界一度甚嚣尘上的陈腐或怪异为之一扫。使文坛上无论是貌似圣人的指手画脚还是形同娼妓的哗众取宠，都应该觉得惭愧——如果这些人还有些自觉的话。

应该说，你走上文坛的路一直是顺的，在评界、同行、读者中，一直是受宠的，作为诚挚的朋友，这一直是我引为骄傲的事。但正因为诚挚，我才觉得没有必要去挤入赞美诗的合唱，相反却总试图找出一些什么你不曾提防的地方，来提醒你，使你避免些什么，又完善些什么。我从一开始就觉得，以你的才情，是可在文学上成就很大很大的气候的，无如我辈，只是因为别无他计，以此营生罢了。然而我又迟迟不能启口，因为没有把握。倒不是怕你见笑（这你不会的），而是怕有妨碍于你本来清静的心境。到写这封信的时候，我这种担心也并没有消失，但是我想，如果是作为交谈，把我的一些想法提供给你，因为它的浅陋和不准确，你是不至于受影响的，但我却可以因了你的纠正而获得益处。这样想，便有了写出如下文字的信心。

为了叙述的方便，还是随心所欲地写些杂感吧，这也许是你在书中指出过的中国人的缺乏思辨力的毛病了。

一、关于逻辑

逻辑曾被古希腊人认作是世界的起源，一切事物的本体。应当说，这认识，在极大程度上显示了西人思辨的力量，对此认识的与生俱来的明白，也给西方文明带来了无穷的益处。按照逻辑的法则，对世上诸般事物进行了缜密、细致、精确的分析、实验、推理，造就了对人类生存发展影响至为重大的科学精神。这精神渗透到西方文化的一切方面：一切从具体的个体出发（英文的"I"永远是大写的），一切都是分析的，从绘画的透视到吃饭的餐具，这一切，可以说同东方人是截然不同的。东方人，毋宁说中国人的思维总是从群体出发，把握事物总是从总体入手。是不是说，东方人就缺乏逻辑、缺乏理性精神了呢？不是。逻辑是先验的，并不因为谁的意志而可以取消。所不同的，只是对逻辑的把握方式。东、西方文明的起源，本质上并没有什么不同，而思维方式的相异，我以为也是先验的，是一种宿命。这宿命的结果，一度为许多思想家和社会活动家所诟病。我却一直以为，那其实是无所谓高下，无所谓优劣的。两种方式，事实上都产生过伟大的果实，也同样遗留了许多的缺憾。以小说论，西方的思维固然结构出许多鸿篇巨制，然而循着科学方法而导致对潜意识对梦幻的复述，在结构上的结构与解构——这里指的不是理论本身，而是盲目接受其影响的创作实践等，都导致了小说作为艺术的固有本质的丧失。这也正给中国当代的新潮小说带来了致命的伤害。所谓的意识流，所谓的呓语，所谓的访问梦境，所谓的语言颠覆等等，其在形式上的探求终归失败，其命运可说是从一开始就注定了的。剩下来的那一片世纪末情绪，如对个体存在的忧患意识，对永恒空虚的向往与恐惧，对人的终极关怀，对现实情境的荒诞感，绝望与幻灭感（表现上则也复归了精巧的故事）等，倒是存留了些许意义，这方面较为优秀的作家我以为有××、××。这意义依然是社会学的，尽管他们本人也许不愿意承担。东西方思维方式的异同及其结果和在现实中的影响，很多年前我写过一篇专论，现随信附给你（见《老子札记》）。

你在书中使用的"逻辑"，指的是小说的推动力量，这原是不错的。但藉此提出中国的艺术缺乏逻辑观念，则是有偏颇的。常听人叹息的中国没有史诗，而荷马如何如何，而现代人又如何地极力要写出史诗，云云，如果没有写出，非将什么标上"史诗"的商标，这其实是毫无必要的。中国人的审美中并不需要所谓史诗意识，其对历史的把握也不需要史诗方式，艺术就更是如此。一曲羌笛，二十八个字唱尽了多少战争的严酷，人生的苍凉，而置成千累万的历史情节于不顾，这其实并不是懒惰，而是一种智慧。近代小说中《三国演义》是颇有史诗规模的，却不是"诗"，整个的美学情致依然是十分中国化的，即注重外部的总体的写意传神，而不是求形似。你对《水浒》的评论是有道理的，但却并不能证明其缺乏有力的内在逻辑动力。它们同样受制于一个强大的动机，即中国人对天人感应，对阴阳衍变的哲学信念以及社会学、历史学上的天道观或者说正统观。中国传统美学始终笼罩着神秘主义的烟云。这正是你在论《红楼梦》时所揭示的。这种不可捉摸的了悟，使得东方神秘主义文化也许成为科学的障碍，却给美学带来了优越性。至少，也可以作为一种文化现象同西方文化、西方美学观相异而相存，从而具有同等的人类文化学意义。

需要补充说明的是，对小说人物的思想生成，性格发展，心理意识（即便深入至潜意识）的变化等等作逻辑化分析，事实上是不具备真正的意义的，即便是大师，也难逃人物理念化，类型化的败笔。许多作为中国现代新小说蓝本的西方名著，其实是存在这缺陷的，只是因为它的比这远为重要的辉煌遮住了人们的眼光罢了。这缺陷也同时给中国"五四"以来的新小说带来了深刻的影响，这大概不需举更多的例子来加以说明。两种小说的源流是各自奔走，是否有可能合流，这怕只有让时间来回答了。它所要取决的，怕是比小说本身远为广大深刻的社会历史文化内容。另外，逻辑作为一种思维的方法，即工具，可以推动思维的进行，却不能保证思维的相对真理性，假使出发点一开始就不对头，则逻辑的力量也同样将有力地推演出谬误的结果，这是逻辑可怕的地方。这自然是另外的论题了。

二、小说的意义

很久以来，我一直在想，我为什么要写小说？当摆脱了最初的纯世俗性的物质化原因之后，当写作成为一种纯粹的精神活动的时候，这个问题便日益变得迫切。而同时，它又日益明白地显示出：提出这个问题和打算的回答（穷尽）这个问题，是怎样地可笑。

问题在于，它却如此地不可回避。这是一个很可悲的悖论。

还是要问，小说的意义是什么？

随着思想解放的运动，人们逐渐意识到个体独立性的存在，进而意识到小说乃至一切艺术自身独立性的存在。小说在被当作文化专制的狭隘功利的工具的时候，其独立品格是无足轻重的，像娼妓一样丧失了尊严。现在这尊严觉醒了。对于小说的解放这无疑是极大的进步。然而在很短的时间里，这独立性却走向了极端，文学将自己置于社会的对立面。大家叫喊着"逃离"，避世俗及世俗的审美如避瘟疫。人们把形式强调到绝对化的程度，以至把形式看作艺术的唯一特性。形式在特定的情境下是可以成为内容的，一度对形式的极端强调所显示出来的对社会功利主义的反叛，不能说是毫无意义的，但这不等于说这反叛就具有了真理的意义。相反，将形式绝对化，将艺术纯粹化，或者将艺术同非艺术割裂和对立，结果只能是扼杀了艺术自身。艺术的全部美好恰在同人的生命过程，同人类的生存活动息息相关，艺术家的全部工作无非是艰辛地，当然有时也是很孤单地寻找沟通世界的道路。无论是亲善还是敌对，无论是热情还是冷漠，也无论是庸俗还是清高，他所构筑的一切都仍然是以社会为对象的。尽管有许多骄傲的小公鸡一再声明自己的不从众和不媚俗，但他们毕竟没有把自己本应孤芳自赏的杰作锁在自己的抽屉里。我从来不相信不理解也未曾见过有所谓纯而又纯的艺术。有提纯出来的蒸馏水，但没有提纯的艺术。所有的艺术作品，只要人们不是故意装聋作哑，绝不会追寻不到它的社会原因的。××先生的作品一度被认作是纯粹的小说（其所师承的沈从文亦然），但从那些近代乡村、小镇、寺庙、边城的纯净描绘中，谁能看不出作家的社会理想和对其所处现实的不满意来呢？

你说到了梵高的颜色。但颜色在梵高那里并不是艺术的唯一目的，只是梵高之成为梵高的艺术特征。鲜明疯狂的线条和色彩所呈现的强烈的主观性，实源于其对上流趣味的对抗。你对梵高的那一段议论是非常精彩的（尤其关于"调子"，这是许多平庸的作家永远领略不到的），但只能看作你对艺术的某一种理解，却不能说明梵高艺术的本身。相比起来，同××的对话则很没有意思（××的悲天悯人更让人觉得作呕），两个并不深谙女权主义或者并不真正关心社会革命运动的局外人很隔膜地大谈所谓妇女问题，并且多少显出一种贵族的悠闲，给我的感觉实在不舒服。还是回到文学问题的时候显示了你的本色。但是很可惜，你关于性主题的意见却是我不能接受的。

性的原始本质无疑是繁殖。如果人类不是一开始就把性活动看成是一种文化行为的话，那么，当人类把性当作一种快乐追求和欣赏（所谓"性美说"）的时候，就肯定超出了本能而进入了文化的范畴。两个完全同社会隔绝的男女的性活动，既无人知晓也自然就无从进入审美（审美恐怕不能只认作是个人行为，因为有了主体和客体）。《××》不用说了，纵使到了《××》，还是将性同严重的社会氛围作了尖锐的对立。毫无疑问，性本身除了参与者的生理快感并无审美可言，倘没有情感、文化和社会现实的观照，便仅只是两个异性的生殖器的摩擦。如同陆文夫的《美食家》，如果不是将那位老饕作为一个社会形象来描述，那就只不过是写了一只舌头。很显然的，性及人的一切本欲只能是一块基石，而创作者们则只能是在这一块基石上构造起理性的建筑物（可能是宫殿也可能是茅屋）。

这"理性"是双重的，即包括了写作的主体与客体的理性。而理性，则纯粹是社会性的。"社会性"这个词被许多人所不以为然，因为它被使用得太滥太歪曲太糟蹋了，但它本身并没有过错。你在书中谈到的××的例子并不足以成为否定的论据。××写了政治与性的对立，将政治对人性的戕害归结于对性的压抑，这使他成功，也使他局限。使他充其量只能是一个性解放主义者，而不能成为崇高的社会良心。使他的创作不可能有更广大更宏伟的历史内容。只要将××对人性自由的渴望与表达置于维克多·雨果的人道精神面前，就立刻会显出泥丸在大山面前的渺小了。还有米兰·昆德拉。我们目前看到的他的译本是再政治化不过的，但他本人却最憎恶别人提起他小说的政治部分，这也很可以作为我们理解政治与小说关系的佐证。

"诗言志"和"文以载道"正是中国文学的本质之一。我们现在要做的工作并不是要把"志"与"道"当作包袱从文学身上抛弃掉。相反，应该抛弃的只是传统的"志"与"道"的狭隘本质，而使之具有更广大更深刻的意义。我们所表现的社会，应该是由我们自己所领悟所认识的——整个的人文生态。我们所"为"的人生，应该是由我们自己选择的而不是由别人规定的人生。但这并不意味着我们作为个人同社会的分离。独立个性（包括个人品格与艺术特征）与科学理性最终同社会进步达成的默契和一致，我以为这正是小说的"大道"。离开这样的大道，则必然是小道。尽管"虽小道，必有可观者焉"（孔子语），但在孔子的时代，文学不过是对民间传闻，市井轶事的搜集，是一种类似情报工作的活动，而我们对当代乃至未来文学的期望，则是思想与艺术的巨人。

　　似乎是××的（我弄得不太清楚）一位评论家一直在鼓吹所谓的"消去意义""零度情感"之类，此论除了标新立异以引起注意之外，本身并无任何革命性或建设性意义。其所引为论据的作家作品其实并不能坐实他的观点。不客气地说，倘那些被他标榜的作家真的以此沾沾自喜，并真的想循了他的"启示"走下去，结果我看是很悲惨的。事实上，已出现的这一类作品中思想和情感的冷漠，已不仅造成了阅读的乏闷，也使人怀疑作者本人为冷血动物而难以亲近。作为一种文学现象，自不无存在的价值，但寿命的不长，怕也不是武断之论。

　　最后我还想以你的《××》来强调一下小说的意义。这小说是受了许多赞赏的，你在书里也颇多得意之态。各种的评论我没有认真看过。我之所以喜欢这小说，是因为我觉得它很充分地体现了我上面所说的"小说的意义"的意思。记得发表之初，江西的几位作者谈论这小说，我的意见是"高度的具体同高度的抽象的统一"。还记得当时我给你写过信，把这意思说给了你的。作为故事即具体的描述，它是极形下的，却因此有了极广大丰富的形上内容。前此在××，你说到××先生关于许多人的小说写得太实，缺乏形上的丰富，其对小说形上内容的强调我以为是非常正确的，这即是我所说的"小说的意义"。我唯一有些不同的看法是他对"实"的看法。其实在小说中"形上"不是能用语言文字直接表达的。恰恰应该经过"形下"来传递。小说或者说故事就是写吃、喝、拉、撒、睡、性以及由此引起的一切社会生活史的，但是传递的是这些行为发生的意义。类似佛教的"苦"与"谛"："形下"是"苦"，"形上"是"谛"。

三、典型性、艺术特征及其他

典型、风格、特征等被用得很俗气、很滥、很脏，就像一块旧抹布。但抹布是不能少的，抛弃了一块，还得找一块来代替。代替旧抹布的抹布还是抹布，本质没有任何变化。应当承认，这些年文论界做了许多引进的工作，移植和借用了若干自然科学的概念或者直接抄袭若干西方"文本"（这里也时髦地抄袭一个新词。其实据我所知，对西方来说，这类"文本"也并不是唯一的"文本"）。问题并不在西方"文本"的本身（有很多新论是很有价值的，最近由漓江出版社出版的《最新西方文论选》你看了没有），而在于我们这些才子的生吞活剥。用一些新的语汇来代替陈词滥调，应该不是坏事。问题在于，真的革新，当在于扩大和深化原有概念的内涵和外延。倘做不到，则此革新只能是失败的。这是题外话，还是回到小说上来。

有一个事实我想谁也不会否认的，即古往今来，真正说得上伟大的作品，都无不具有典型、风格、特征上的优越性。离开理论的繁琐演绎，完全站在小说作者的立场看典型性，我想无不具备以下三方面的条件：重大事件，重大人物，包含重大历史内容。三个条件至少具备一个以上，也有三个条件同时具备的（当然前两个条件不能用于反证）。三个条件中，最重要的是第三条件。很多名著写的是普通人，普通事，但反映了一整个时代的精神风貌或一整代人的主导情绪。阿Q身上背负了一个民族的几千年的精神传承；唐·吉诃德就是整个欧洲一个时代的挽歌；《巴黎圣母院》《海上劳工》《悲惨世界》写的都是下层人，却表现了人类对命运无可逃脱的宗教、自然、社会这终极牢笼的叩问。《××》正是在这意义上得到广泛肯定。其中人物说不上深刻，但一代知青的失落情绪却是被你鲜明地把握并非常深刻自然，因而非常艺术化地表现出来了。相形之下，我则很为《××》《××》惋惜。写得很流畅，也很有"调子"，但其中包括的历史内容却是太单薄了。

作为作家，你真挚而执着，但对自己创作倾向的肯定和强调，却常常使你难免陷入绝对化，或者用一句套话说是"形而上学"。在你的这本书中，这类例子比比皆是（这是一个真实的作家的可爱之处，却并不等于这就是正确的）。比如关于"风格"，"特征"。一个人的任何风格与特征是自然形成的，你追求与不追求，它都将形成，它是自在的。的确有侵略者，但被侵略并不意味着被侵略者的没有价值。你认识到《红楼梦》"不可期望有第二部"，但你也不能否认这个事实，《红》之后对它的狗尾续貂之作和模仿之作以及语言、人物、结构的抄袭之作等种种侵略，简直浩若烟海。（最近读了××的《××》我简直觉得是读了一篇"文革"时的作品）。此外关于幸运光明的代代微弱，关于"城市无故事"，关于大陆台湾语言相异等等，见解很独到，思路也很新鲜，很能启发人，但我却很难全部的接受。信已经写得很长了，这些留待以后再讨论吧。这里就台湾语言讲几句。你在文中所举的那位台湾作家的小说语言，我以为其实是一种死亡的语言，毫无语言活力可言。语言的发展如果只是从语言本身来演绎，结果必然是语言的死亡，至少是文学语言的死亡。语言是用嘴说的，而不是用字典说的。这一点大陆作家其实是很优越的，不知你为何反而有相形见绌之感。那位先生小说同你的小说其实是不可同日而语的。也可能我偏激了些。就我有限的阅读而言我觉得一些港台作家——即便是暴发户，总也摆脱不了殖民地和小岛意

识。至目前为止，我最欣赏的一位台湾作家是白先勇。他写的
辉煌人生的末路苍凉、宿命感是这样的真切而深刻，唯他才有
这样毫不做作的手笔。

最后还要说一句，你这本书我最喜欢的一篇是《××》。
作家之间的差异，其实只在"见性"与"不见性"之间，我稀
里哗啦地写了这么一通，其实都是神秀之举，想要廓清迷妄，
本身也就是迷妄。

不知不觉写了这么多，一定让你生烦了。有些地方也许有
些苛刻，更多的也许是理解不准确发生的错误，反正是把我想
到的话一股脑都交给你了，我想你都可以理解的，至于苛刻，
我想在你更不会成为问题，望之过殷，求之才切吧。平时在这
边，除了看书，也就是独自瞎想。算是宣泄一回了吧。得谢谢
你有耐心看完。

附注：这是我多年前给一位同行朋友的信，匆忙写来，随
意性很大。手边没有资料，错讹颇多。加之识见有限，浅陋及
贻笑大方更是在所难免。这些年写作及学习亦迄无长进，做
学问只能是一句空话，也就任其保持原貌吧。因未征求友人意
见，姑将其中涉及的部分当代作家姓名及作品题目隐去。

（1998年）

文学的生命力

——会议讲话摘录

我的第一篇文论《当代小说在哪里迷失》认为：文学疏远了社会，社会也就疏远了文学。现在来看这篇文章，是有偏颇的。文学发展的走向在它还没有完成一个相对成熟的阶段的时候，妄加议论，是难免片面的。事实上，从20世纪90年代开始，文学很快就出现了现实主义的回归。一大批写实小说，重新把人们的日常生活，纳入文学表现的领域。一直发展到今天。前面一段对小说形式的探索，则极大地丰富了小说的表现能力。在这样的一个基础上，许多作家写出了很好的作品。他们把自己的眼光和笔触真正深入到民间，深入到了社会底层。使自己的作品所表现的内容与广大人群的生存和命运息息相关。怎么会不感人？事实仍在证明，小说离开它的使命感，离开它的责任感，特别是离开它的现实感，是不会有前途的。你把文字弄到天花乱坠的程度，又能如何呢？

传世上古诗歌就有了"断竹，续竹，飞土，逐肉。"如果从那个时候算起，我们的文学史多么漫长，在这漫长的岁月里，有过多少伟大的作品？出现过多少伟大的作家？今天，我们有什么理由来从事写作？我们的优势在哪里？那就是，所有伟大的前人不知道我们今天的现实生活，他们不知道我们今天的生存状况，这就是我们今天的作家最有优势的财富。这种财富，就是我们今天写作的支撑。我们读了《古文观止》，我们还需要写散文吗？方方面面，它都写到了，而且都写到了极致。但它没有写到我们今天的生活，我们今天这块土地上发生的各种各样的事情。这些他们都不知道。这就是我们写作的生存空间。所以，我们离开社会，离开我们对现实的把握，我们存在的价值是非常可疑的。这就是为什么巴尔扎克会说："人物——当他充分地反映自己的时代，才有充分的生命力。"

纵观文学史，可以很清楚地看到，文学史上有两类人是最显眼的，一类人就是在艺术上作出了巨大的贡献，把一种艺术形式乃至一个国家、一个民族的文化推到一个辉煌的高度；一类人就是在高度的艺术性的基础上有着特别深刻的人民性。李白和杜甫，就很典型。李白被称作"诗仙"，出尘，豪迈，放达，超凡脱俗，汪洋恣肆，气象万千，他的诗歌成就达到了当时的最高峰。但是，让我感动至深的，是杜甫。杜甫被称作"诗圣"，神圣的"圣"，"圣人"就是智慧品德最高的那个人。为什么呢？就因为他写诗不止是认真，"读书破万卷，下笔如有神"，"语不惊人死不休"，更因为他关心国家命运，同情民生疾苦，那么苍凉，那么沉郁。他在"安史之乱"中写《三吏》《三别》，他写"朱门酒肉臭，路有冻死骨"，"安得广厦千万间，大庇天下寒士俱欢颜，吾庐独破受冻死亦足"，他自己最后也很悲惨地死在贫病交加中。历史永远不会忘记这样一些善良、深沉、充满了伟大爱心的作家。"仙"和"圣"，一个在天上，一个在人间。"仙"让人神往，"圣"让人崇敬。

关心社会生活，关心历史进步，关心民族命运，这是文艺家的天然使命。我们咬牙切齿、殚精竭虑地写作，从最表面看，目标可以说是去拿奖，因为评奖也是一种价值判断。但一个艺术作品，它真正的内在价值是什么？这里应该有一个公认标准。文艺作品的价值，是有客观标准的。它的最高裁判是历史和人民。

我很拥护"三贴近"。我认为"三贴近"的核心是"贴近群众"。离开了贴近群众，其他两个"贴近"都是空的。群众不认可的"现实"和"生活"只能是拙劣的胡编乱造的伪现实，伪生活。这样的"现实"和这样的"生活"远离了它的本质，群众当然不会买账。如果某一个人说好就给奖，说不好就枪毙，那就没有客观标准。没有客观标准，就很难谈论艺术。那就会冒出一大堆莫名其妙的、滥竽充数的、根本不入流的伪作家、伪学者、伪艺术，弄得黄钟毁弃，瓦釜雷鸣，小人得志，庸才横行，真正有才华的作家、艺术家报国无门。

标准就是度量衡。艺术的度量衡当然要复杂一些，有仁者见仁，智者见智的问题。一千个读者可以读出一千个哈姆雷特，一百个人可以读出一百种《红楼梦》。但是，公认的标准是存在的。这里举小说名著为例。对古往今来的名著，学者们早就提出过明确的标准：

第一个就是它应该是读者最多的。可能在当时它不一定很走销，但是，它经久不衰的影响力量和漫长的时间，汇集了最多的读者。当时，它可能不是很出名，但随着时间的推移，有越来越多的人必须要去读它，历史上有大量这样的例子。比如说像托尔斯泰这样的作家。诺贝尔文学奖首届是1901年评的，到现在有100多年了。当时很多人提出，俄罗斯作家，列夫·托尔斯泰应该拿这个奖。但是，沙俄政府对这事非常不高兴，他们向瑞典政府施加压力，说，你不能让这个人评奖，让这个人评奖我们不高兴。那时候，瑞典很弱小，俄罗斯是一个大帝国。沙皇说了话，他当然就不敢给了，就给了别人。从此，托尔斯泰再也没有获这个奖。但是，100年过去，托尔斯泰没有获诺贝尔奖，不是托尔斯泰的耻辱和不幸。它成了大家质疑诺贝尔文学奖的权威性和公正性的一个最重要的依据。不给托尔斯泰评奖，成了诺贝尔文学奖的耻辱和不幸。为什么呢？托尔斯泰的作品谁能不读？你可以不读原著，但你会去看电影。名著，在一个想当长的历史时期，它会汇聚最多的读者。

第二个，名著是通俗的，不是专业作家为专业人员写的书，而是为大众写的书，不是多数人读不懂的，弄了半天很稀奇，但不明白在说什么。早期的朦胧诗出来，北岛、舒婷的诗很好读。"高尚是高尚者的墓志铭，卑鄙是卑鄙者的通行证"；"与其在悬崖上展览千年，不如在爱人肩头痛哭一夜"，完全是人生社会格言，谁不懂啊？到后来走得很远啦，读不懂了。有位大诗人形容说，我看这些诗，就是用一只手，蒙着个茶杯，让你猜里面是什么东西，其实里面什么也没有。当然，这样说也许有一点极端。但真正的艺术，是人们容易接收并且一下就能够深入人心的东西。那一年我应邀参加广东一位作者的长篇小说研讨会，这个作品有一点让我特别受启发，就是他用了一个非常传统的章回体叙述方式。这种方式，通过他对生活的非常真切的表现，焕发了生命力。这使我想起两个人的话，就在发言中引用了，一个是英国作家麦克米伦的话，他谈到传统时，这样说，传统并不意味着活着的死亡，而意味着死去了的还活着。另一个就是我们中国的作家冯梦龙，《三言二拍》的作者，他有两句话，我牢牢记着，觉得可以作为我写作的座右铭。他说："话须通俗方传远，语必关风始动人。"你说的话很通俗，就能传得很远，假如我今天在这里故作高深，咬文嚼字，许多人就会索然无味、甚至反感。"语"就是你的表达，"风"就是世道人心，就是人性人情，你关注世道人心，关注人性人情，你才会动人。否则，你写一些与谁也不相干的事情，你自己的那点杯水风波，能感动谁呀？爱情当然可以感动人。要是写得像《牡丹亭》那样的，像《梁山伯与祝英台》那样的，在一种铁幕专制下面，张扬人性，当然可以惊天地，泣鬼神。但你老是"身体写作"，老是十个八个情人，一个一个怎么干，绝对的自恋自慰，写多了，谁会老盯着呢？

　　第三就是它不会因为时代的替换而被遗忘，时代发生变化，它就被遗忘了。伟大的作品，永远不会随着思想原则、舆论的变迁而过时，并且成为推动人类文明最主要的力量。它是不过时的。如果你写得很浅薄，今天搞旧城改造，你就写拆迁怎么有魄力，明天说亮化好，你就写马路应该是光的河流，这根本就不能叫文艺作品。刚改革开放的时候，有篇小说写一个农民成了万元户，吃得很饱，撑出了胃病，送到医院抢救，以此来歌颂改革开放。这哪是文学？艺术的精髓在于，它应当远远高于个人生活的范围，成为人类精神和心灵的代言——这话好像是荣格说的。我们凭着"床前明月光，疑是地上霜，举头望明月，低头思故乡。"走遍全球，都能找到我们中国人的感情。在中国的皇帝当中，有一个乾隆皇帝，这是一个很伟大的皇帝，很有作为，他特别喜欢写诗，老是写诗歌颂自己的文治武功，写了很多，因为他是皇帝，他的诗集也出得非常漂亮，非常豪华。可今天，有几个人能背得出他的什么诗呢？我去年在河北承德避暑山庄拍电视片，到处看到他的诗，但看过就忘了。倒是那个很倒霉的皇帝，南唐李后主，成了阶下囚，亡国奴，他写的"小楼一夜又东风""恰似一江春水向东流"，大家都记住了。亡国之君，他让我们感到历史的一段不堪回首的惨痛。

第四点就是，名著是言近旨远的。它的语言听起来和我们大家说话一样，但蕴涵的意义是非常深刻的。它的每一页都应该比一般的书的整部的内涵都要丰富，都要深刻。它的一页就能当别人的一本书。而且，当你反复去阅读的时候，你总会觉得，你还是没有穷尽它的意义。我读鲁迅的作品就是这样的感觉。《孔乙己》只有两千多字，却画出了整整一代被封建文化毒害的旧文人的灵魂；《阿Q正传》读一百遍一百遍的感受都不会一样，它解剖的是整个中国人的文化根性，所有人都能时时处处从中看到自己的影子。

第五个就是，真正伟大的作品，应当成为推动整个人类文明的一种力量。它富有启发性和教育性，无论你完全不同意，或者彻底否认它的观点。作为个人，你完全可以不同意它的想法，觉得它的某种观点不能接受，但它对人类整个文化，整个思想的进步，它作出了重大贡献。最近，北京在演《九三年》。这是法国伟大作家雨果的作品。雨果是我最崇拜的作家之一，他写了很多书，像《海上劳工》《巴黎圣母院》《悲惨世界》等，都拍过电影的，都是我们大家所熟悉的。雨果写作的构思是非常宏伟的。他写《巴黎圣母院》，探讨人与宗教的关系；写《悲惨世界》，探讨人与社会的关系；写《海上劳工》，探讨人与自然的关系。这个作家对自己一生的创作构想非常宏伟，非常弘大。我最爱读的，最喜欢的，就是这个《九三年》。

　　法国大革命有那么多可歌可泣的事，但雨果选择这样一件事来描写。我想，雨果本人并不想对法国大革命的价值作出判断，他想要表现的是人类生活的价值观，人性的极至时候的光辉。他高高举起人道主义的旗帜。当然，我们可以不同意它的人道观。我们根本不能赞成把敌人的头子放掉，也绝对不会同意那个放跑了敌人的人，和那个因为以革命的名义杀死了放跑了敌人的人而后自杀的人。但是，人类会原谅。当人类有一天没有战争的时候，有一天大家都觉得应该相亲相爱的时候，人类会为所有这一切杀戮感到羞愧。这是人类最终的愿望。人类永远在追求最高最美好哪怕是达不到的东西。我们常讲作家的终极关怀，我觉得就是这样一种关怀。1980年在北京学习的时候，有一个人说，我们很多理想是达不到的，但是我们必须要提出来。比如，自由、平等、博爱。社会怎么可能有绝对的自由呢？怎么可能有绝对的平等呢？怎么可能有绝对的博爱呢？但这是世界给人类的命题。他给你一个目标，你向这个目标前进，你永远也达不到，你以为它在10公里以外，到了10公里，它又到20公里以外去了。它在引领着我们。使人类日益高尚起来，美好起来。作家应该是人类的良心。一战的时候，托尔斯泰给德国和俄国的皇帝写信，说，你忏悔吧！当然，说了也没用，但发出了人类良知的声音！它永远在启发人类的理性。没有这样的认知和这样的声音，人类就只能在没有理性的泥坑里打滚。

艺术所追求的精神，应该是人类精神的制高点。艺术表现不等同于政治判断。艺术有许多它自身的目标。更多的，我认为是人类终极的价值判断。

第六点，名著应该论及人类长期以来悬而未决的问题。就是，我们人类始终解决不了的问题。很多很多悬而未决的问题。那么，我们通过艺术方式去表现它，使整个人类感到，我们是有充分智慧的。我们的智慧是不会被生活所摧毁的。像生与死，爱与恨，这样的问题，人类永远都解决不了。解决不了，就要不停地去探讨它。

了解文学名著的这样一些特点，对我们领悟艺术的本质特点，追求艺术的最高境界，是有益的，多少可以使我们不至于对艺术作品作过于浅薄的甚至庸俗的理解。马克思说过一句很精彩的话：如果我们不能指望紫罗兰和玫瑰花发出同样的芳香，那么我们有什么理由要求人类生活中最丰富的东西——精神产品只有一个形态呢？这里包含了一个非常深刻的思想。就是，艺术，你的手段越多越好，表现得越丰富越好。不是越来越单一。只管题材吃不吃香，不管艺术过不过硬，走"题材决定论"的老路，我以为最终是走不通的。

　　文艺创作归根结底，是文艺家根据一定的价值观、人生观对现实的经验世界加以艺术化的改造，从而创造出有别于此在现实世界的精神乌托邦。这其中当然不乏现实经验世界的人生图景，同时也包含了文艺家文化、艺术的承诺，并寄寓了文艺家对超于现实之上的人类世界的终极关怀。此在的经验世界是文艺作品描述的对象，彼岸的终极关怀是文艺家精神的依托之所。

　　时代性和现实性，就是这一命题的核心。

（1998年）

海明威的骄傲是无法模仿的

——答《北京文学》问

问：海明威是诺贝尔文学奖获得者，也是美国最具有传奇色彩的大作家，也可以说他是美国作家在中国最著名影响最大的作家。即使没有读过他作品的人，也知道他《永别了，武器》《丧钟为谁而鸣》等名著。他的"人可以被消灭，不可以被打败"，几乎被每个上过中学的中国人作为格言名句牢记。《杀人者》是海明威的一个著名短篇，你第一次阅读是在什么时候？你选择她作为经典小说推荐，这篇小说肯定对你产生过比较深刻的影响，从你的一些作品中，也可以看到海明威的一些影响，如"硬汉精神"。你是什么时候阅读的海明威，进行了怎样的阅读，他在文体文风等方面对你的文学创作之路产生了怎样的影响？你怎样评价这位伟大而不朽的作家在中国和世界的影响。

答：最早对海明威发生崇敬是在20世纪80年代初期。《小镇上的将军》出来，有位评论家说它的语言"有点像鲁迅，又有点像契诃夫"。我自然是暗自得意，却闹不清"像"在哪儿？那时候我对二位大师的了解仅限于中学课本。私下捉摸，应该是指他们的简练。因为渐渐多读了些书，晓得了鲁迅总是尽力将可有可无的字句删去，契诃夫认为写作的才能不在于知道写什么而在于知道不写什么。也就把"简练"当作了写作的最高标准（好久以后才又晓得其实语言的狂欢也是很了不得的本事），一听说哪个菩萨简练就赶紧参拜。这样就由文论家介绍的"冰山法则""电报式"晓得了海明威。慌慌张张地找到了他的一本小说集，给我留下最深印象的就是《杀人者》。

这小说最让我震动的是它骨子里的那种由冷漠透露出来的骄傲，这是一种生命的骄傲。小说远不只是语言的操练。海明威的骄傲是无法模仿的，语言不过是它的外化。任何骨子里的东西都是无法模仿的，就像贴胸毛并不等于野性，因为野性是原始性。我的作品肯定没有所谓"硬汉精神"，要有什么"精神"也一定是"软汉精神"。我的性格中也许有一点军人血统和青春期的孤独造成的冷漠，但没有海明威的骄傲。我无力评价海明威在中国和世界的影响，能肯定的是他在我的心目中永远是最为崇高的纪念碑之一。

问：前几天，我与尤凤伟联系，他推荐的经典小说是美国另一位大作家马克·吐温的短篇小说《卡拉维拉斯县驰名的跳蛙》。海明威、马克·吐温、杰克·伦敦、惠特曼等传统的美国经典作家，一直畅销中国，甚至进入中学教材，他们是中国家喻户晓的美国作家，他们的作品他们的名言，被大人小孩阅读背诵。他们似乎是你们的文学青年时代能够阅读的最重要西方作家，你们这一代作家是不是受这些美国作家的影响比较深，你可否谈一谈当年对于他们的阅读？

答：在你的这个问题中，我特别注意到"传统的"这个定语。在我从20世纪80年代开始的职业化写作中，我在文坛不断感到的一种气氛就是对传统的不断否定。这一方面表明异样的观念和经验对我们一度贫弱和苍白的思维空间的丰富和补偿，另一方面也不能排除的确存在的偏激和盲目。在这一点上，我很感谢哈罗德·麦克米伦的一句话："传统并不意味着活着的死亡，而意味着死去了的还活着。"经典之所以成为经典，就因为它经受住了时间的检验，并且在我们可以预见的未来，其所提供的主要原则都具有相当的稳定性因而难以超越。你提到的几位美国作家我觉得都具备这样的经典意义。尽管我对他们的阅读很有限，但他们留给我的影响是极为深刻的。不久前我在一次诗人的聚会上发言，不由自主地大段背出了二十年前学写诗时读过的惠特曼的《大路之歌》，依旧觉得热血涌动，在座的年青诗人也一样为之动容。我想，这就是经典的力量吧。

问：最好的小说家肯定是小说艺术家。中国作家众多，但是，称得上小说艺术家的人少之又少。你是中国文坛上对小说艺术有追求的作家之一。近年来，你的几篇小说，如《救灾记》《波湖谣》都堪称是近年来不可多得的精品。但是，你除了这种艺术化追求，似乎也进行着与《波湖谣》等作品风格迥异的创作，一种比较大众比较市场比较故事的写作，几乎可以说是非艺术化的写作，甚至有点粗糙。我感觉你似乎在进行两支笔写作：一支为艺术，一支为市场。你自己认为是不是存在这种情况？如果存在你如何看待？

答：我没有认真想过怎样为市场写作。出现你所说的"非艺术化的写作"大约出于以下原因：

一、我一直觉得自己的小说缺乏可读性，过于沉闷和理性。一些读者也有类似意见，因而试图有所调整。

二、担心出版我的作品的刊物和出版社因为我的"缺乏可读性"赔本。他们赔本，我有何面目见人？举个例子，《裸体问题》最早我自己定的书名是《山鬼》，出书的时候出版方面有个头建议改成《校园裸女》，他是出于对图书市场和经济效益的无奈。但我死活不干，接接连连地不断打电话写信强烈反对，同时商量妥协。妥协的结果就是后来的《裸体问题》。因为是"问题"，多少有了一点正人君子样，而"裸体"又依旧可以诱人。虽然里面压根只有"问题"没有"裸体"。就这样还是遭了口诛笔伐，吓得我从此死了搞噱头的心。

三、事实上小说的叙述常常受制于题材，并不都是作家可以随心所欲的。

四、最近有位青年同行看了我刚出版的两部长篇《边唱边晃》和《一半是黑的一半是白的》，问我是否是想用一种流行的叙述表达一种内在的沉重，使我忽有所悟。我愿意这成为我日后写作的一种方式。

问：你的小说创作很重要的一个主题线，似乎也是最重要的主题，就是文人知识分子主题。例如长篇小说《裸体问题》《世纪神话》，今年的《边唱边晃》《一半是黑色一半是白色》两个长篇，都是描写今日中国文人知识分子精神状态的小说，在整体上，对他们进行了毫不留情的揭露和批判。你在这个主题上花这么大的心血，是基于怎样的一种文学立场和作家的时代诉求？

答：最近我在《文艺报》看到评论家周劭馨先生一篇评论拙作的文章，其中有两段鼓励的话我觉得可以借用来作为回答：

"一个国家的时代变革，能不能形成和发展一种新的文化精神，这种新的文化精神的品质如何，渗透程度如何，在很大程度上取决于知识分子的文化成色。可以说，知识分子的表情就是国民的表情。但是当代我国知识分子由于历史的与现实的、客观的与主观的原因，与这一期望尚相距甚远。陈世旭在他的四部长篇小说中，对当代知识分子的心灵历程进行了一次清醒、勇敢的凝视，深刻地揭示了这一常常被遮蔽的现实。"

"在消费社会里，消费成了生活世界运转的轴心，一切都是破碎的、异质的、分散的、多元的，并且都受制于消费选择。菲利普·桑普森令人心寒地指出：'这种消费文化一经确立，就完全一视同仁，所有东西都成为一个消费类别，包括意义、真理和知识。'知识分子问题由此而变得越来越突出。这恐怕是一个全球性的问题。20世纪60年代，当美国高新技术刚刚步入产业化，市场经济出现新的起色的时候，左派社会学家米尔斯就看到了它的'痴肥与惊恐'，惊呼'美国知识阶层的道德懦弱已经登峰造极！'陈世旭对我国知识分子群落当下状况的冷静审视，其积极的旨趣正在于传达时代对知识分子的热切期待，希望作为思想文化的生产者和传播者的知识分子，心存良知，坚守正义，担当责任，警醒消费社会的陷阱，使社会朝着人性完善的方向发展。"

我显然没有足够的能力在多大程度上担当上面的任务，但我很愿意尽力担当这样的任务。就写作实际来说，还有一个因素是不可以忽视的，那就是我的写作常常与我的经历直接相关。在写作上我是个缺乏灵气缺乏想象力的人，离开了自己熟悉的生活原型就不知所云。迄今为止我的取材面主要是三块：乡村、小镇、城市。这也就是我的简历。城市里我接触最多的是文化人，这是我常常以他们为题材的一个最直接的原因。

问：今日中国文坛，从"右派作家"到青春写作，五六代作家同坛中国。但是，放眼望去，最具文学成就而且最具持续发展后劲的作家，还是你们四五十年代出生的作家。你们这一代作家似乎是中国文坛的常青树，文学原创力生生不息，而你们又是受"文革"影响最大的一代人。作为常青树中的重要一员，你如何看待你们这一代作家人生和文学的背景及其创作？

答：谈论这样的问题对于我极为吃力。但有一点可以自信，就是这一代作家相对而言的经历的丰富性和他们的生命力。从总体上看，前者为更年轻的作家所缺乏；后者为更年长的作家所不及。至于这一代作家是否会有真正划时代的并且能在全球范围发生重大影响的建树，还需要拭目以待。

问：早在90年代，龙应台就说，中国大陆作家整体上退出80年代坚持的知识分子阵地，脱掉知识分子的长衫，把时代最前沿知识分子的发言权，让位于法律、教育、历史等高校的专业知识分子，把自己边缘化。如果有作家批判社会，就会有一大批既得利益作家站出来批判你，说你反对改革搞"文革"。所以有人说，现在中国作家眼睛只有转向市场，为了市场一些作家不择手段进行炒作，牟取市场最大利益。你如何看待中国作家去知识分子化和对市场的疯狂追求？这对中国文学的发展会产生怎样的影响？

答：很抱歉，我不太知道龙应台先生，只知道好像是位台湾作家。而我对港台作家几乎可以说一无所知。"三毛"的名字我是在单位联欢的时候从卡拉OK《橄榄树》上看到的，后来才晓得她就是那位让贾平凹十分伤怀过的"三毛"。连好像在一间什么名校当院长带博士、进了大学抑或中学课本的金庸先生的大著我也至今无缘拜识。这样的孤陋寡闻一定让你和朋友们意外和见笑了，得请你谅解一个长期蜗居在一个无知的山谷里的冬烘先生的无知。

至于是否只有作家脱去了"知识分子的长衫"而"法律教育历史等高校的专业知识分子"被"让位"进入了"时代最前

沿"的"知识分子阵地"，我更是无可置喙。在我有限的视野中，我看到的不只一位"法律教育历史等高校的专业知识分子"乃至别的什么"高校的专业知识分子"敛财的疯狂和无耻并不比"去知识分子化"的作家逊色，照样令人绝望。

不过，对"炒作"我与你是有同感的。我一直认为"炒作"是一个极恶劣的词和一种极恶劣的行为。这个词和这种行为为几乎全社会包括曾经自命为"社会良心"的知识界所认同和实行，真是让人悲哀而无话可说。

我曾经很天真地期待过消费社会自由性平等性的一面，对金钱法则的专制性、毁灭性的一面完全没有思想准备。我宁愿相信这是一种历史运动的合理诉求；宁愿相信这是文明进步必须付出的道德代价；宁愿相信这只是一个必然的过程，一场繁华中的噩梦。然而，这并不妨碍我们深恶痛绝，并不妨碍我们切齿诅咒，并不等于应该放弃我们的批判立场。

还得说到海明威。我们的文坛不缺乏聪明（甚至是聪明太多），缺乏的是海明威那样的硬汉血性。生就轰轰烈烈地生，死就痛痛快快地死。这样的人我自己就绝对做不到，只有望洋兴叹的份。可怜！

（2005年）

《陈风》解：比春秋更远的春秋

宛丘，今淮阳县，古称陈、陈州。而原始的宛丘古城，在淮阳城东南的平粮台下面。1979年被考古发掘，科学测定距今至少在4100—4300年。"……高二丈，大一顷，有四门，林木郁然。在城东八里。"（《淮阳县志》）为当年的陈国国都。那些陶片和筒瓦、板瓦及古城墙分土层，不容置疑地证明着陈城始筑于春秋之前。

相对于此间的一片碎陶，国人引以为傲的秦砖汉瓦太年轻了。

穿过郁然的林木，我在平粮台遗址盘桓绕行，想象着陈国都城当年的繁荣，以及陈氏宗族跌宕的命运。所谓"陈姓遍天下，淮阳是老家"。这就是天下陈姓的发祥之地了。很多年前，父亲告我家族渊源在河南颍水，并嘱或可一行。这是我此行淮阳的缘由。

"陈"，金文作"敶"。诸侯国。国君妫姓。为上古原始姓氏之一，得姓始祖舜。舜为黄帝曾孙颛顼的六世孙，继尧之后，登中原地区黄帝族系最大部落首领之位，跻五帝之列，成为华夏先祖之一。尧将帝位传舜，舜迁妫水边，后代便以尧帝封邑居住的地名作为姓氏。舜之子为商均。商均之后为虞思。虞思的后裔遏父因为出色地继承了先祖制陶的手艺，担任了周族陶正之官。周文王姬昌特意将长女太姬许配给了遏父的儿子妫满。作为舜裔的嫡脉，妫满受封于陈地，建立起以宛丘为都城的陈国。以国为氏，称陈氏。从此奉为正朔，延续虞舜的一脉香火。

妫满故，周王室封赐谥号曰胡公，故妫满又被称为胡公满、陈胡公满。公是爵位，胡为谥号。

陈国辖黄河以南、颍水中游，河南开封以东至安徽亳县淮水以北，北邻夏的后裔杞和商的后裔宋，西南则有楚和徐。东周初期，西北方又有从西方迁来的郑。

陈国皇后是文化的领袖，"太姬妇人尊贵，好祭祀用巫，故俗好巫鬼"（《汉书·地理志》）。国民传其遗风，遂成习俗，陈国由是巫风炽盛而四季巫舞不断，"击鼓于宛丘之上，婆娑于枌树之下"，而"男女亦亟聚会，声色生焉"（《汉书·地理志》），"中春之月，令会男女。于是时也，奔者不禁"（《周礼·地官·媒氏》）。

上古的祭祀日常常是狂欢日。腊日祈祷丰收，上巳祈求繁衍，"谷旦"祭祀生殖神。"玄鸟至、至之日，以大牢祠于高禖"（《礼记·月令·仲春之月》）。神祇高禖主的是婚姻和生殖。"以其（女娲）载媒，是以后世有国，是祀为皋禖之神"（宋·罗泌《路史·后纪二》）。

所有这些，皆直接反映在文学上。《诗经》中收入《陈风》十首，多半与爱与性有关。显著区别于其他风诗。《陈风》的时代虽非远古，但承续着"太姬歌舞遗风"（《汉书·地理志》）。

让我们的神思回到数千年之前，去领略那个情爱燃烧却又像日月经天江河行地一样自然的岁月。

《宛丘》：

子之汤兮，宛丘之上兮。洵有情兮，而无望兮。坎其击鼓，宛丘之下。无冬无夏，值其鹭羽。坎其击缶，宛丘之道。无冬无夏，值其鹭翿。

宛丘之上，鼓缶声声。翎丝翯翯，春水一江轻漾。洵有情兮意飞扬，巫女舞狂放。"汤"同"荡"、却非放荡，是摇摆，是原始宗教的狂热。从坡顶舞到坡下，从寒冬舞到炎夏。

改变了时空，改变不了神采的飞扬、野性的奔放。诗人为之迷醉，不能自禁。而巫女径自狂舞，毫无察觉。"洵有情兮，而无望兮"，难成好事的诗人只能徒唤奈何。莫怪诗人惆怅了，舞者不加矫饰的激情，就是现代社会的我们也能感到扑面而来的活力。

《东门之枌》：

东门之枌，宛丘之栩。子仲之子，婆娑其下。谷旦于差，南方之原。不绩其麻，市也婆娑。谷旦于逝，越以鬷迈。视尔如荍，贻我握椒。

陈国的郊野宽又平，东门种白榆，宛丘种柞树。子仲家中好女儿，大树底下舞婆娑。"谷旦"最是好时光，哪有心思搓麻绳，快去原野会情郎，良辰美景正当时。会了一次又一次，越会心中越甜蜜。情郎看我美如荆葵花，我送他一束花椒表衷肠。"荍"，荆葵也，妖精起司也，专事滋生情欲；"椒"，花椒也，十三香之首也，其香摄魂夺魄。

《衡门》：

衡门之下，可以栖迟。泌之洋洋，可以乐饥。岂其食鱼，必河之鲂？岂其取妻，必齐之姜？岂其食鱼，必河之鲤？岂其取妻，必宋之子？

衡门之下，是男女幽会之所；泌水之岸，乃男欢女爱之地。"泌"者"密"也，在山曰密，在水曰泌；"饥"者性之饥也，"鱼"者"情侣"也，"食鱼"者男女合欢也。

月上柳梢，情侣密会于城门下，一番耳鬓厮磨，又相抱到河边。流水作伴，极尽男欢女爱。果真是爱情中的男人最聪明，即便醉话也堪称名言：吃鱼何必一定要黄河中的鲂鲤，娶妻又何必非齐姜、宋子？只要是两情相悦，谁人不可以共度美好韶光？

"饥"隐性欲，鱼喻情人。《诗经》的时代，诗人们偏爱以"鱼"比兴。因为"鱼是繁殖力最强的一种生物"（闻一多）。

《东门之池》：

东门之池，可以沤麻。彼美淑姬，可与晤歌。东门之池，可以沤纻。彼美淑姬，可与晤语。东门之池，可以沤菅。彼美淑姬，可与晤言。

欢歌笑语回荡在护城河上，漂洗苎麻的一群男女，嘻嘻哈哈地调情："温柔美丽的姑娘，与你相会又唱歌；温柔美丽的姑娘，与你相会又密语；温柔美丽的姑娘，与你相会又谈情。"这种快活，直至早年我在乡下插队时仍然是对我们进行再教育的贫下中农每天每日必修的功课。

《东门之杨》：

东门之杨，其叶牂牂。昏以为期，明星煌煌。东门之杨，其叶肺肺。昏以为期，明星晢晢。

黄昏将临，隐身在白杨树荫，期盼约会情人的到来。东门的大白杨，叶儿正"牂牂"低唱：约好在黄昏会面，直等到明星东上；东门的大白杨，叶儿正"肺肺"嗟叹：约好在黄昏会面，直等到明星灿烂。

"明星"乃"启明星"，黄昏隐于西天，黎明方现东方。涌动在诗中的，是终夜不见情人的焦灼。黄昏已逝，夏夜如梦如幻，"煌煌""晢晢"的启明星，高高升起于青碧如洗的夜空。我的心上人哟，你在哪儿？

《墓门》：

墓门有棘，斧以斯之。夫也不良，国人知之。知而不已，谁昔然矣。墓门有梅，有鸮萃止。夫也不良，歌以讯之。讯予不顾，颠倒思予。

当年的祭祀有庙祭和墓祭。庙祭在灵台、閟宫、上宫；墓祭在郊野旷原。颍川河边，"南方之原"，皆是狂欢的好地方。

但《墓门》说的不是狂欢，乃是斩截顿挫的斥责。

操起斧子砍掉墓门前的枣树，国人皆知的不良之徒而不诛退，很早以来就已这样糟糕。猫头鹰聚集在墓门前的梅树上，不良之徒栽了跟斗才会得到教训，且唱支歌把警钟敲响。

王逸注《楚辞·天问》的"何繁鸟萃棘，而负子肆情？"说：一个骄横下流的官员（"晋大夫"）过陈之墓门，见到一个背着孩子的妇人，也放肆调戏。妇人斥道：这里虽然没有别人，但墓门有棘，棘上有鸮，你就不觉得羞愧吗？《列女传·陈辩女传》记载了同一个故事，并进一步交代了那位妇人的姓名和身份：陈辩女，陈国采桑之女。

爱并不全等于性。没有性的爱固然虚伪，没有爱的性则绝对粗鄙，即使在那个遥远浪漫的时代，也会遭到断然的拒绝。

《防有鹊巢》：

防有鹊巢，邛有旨苕。谁侜予美？心焉忉忉。中唐有甓，邛有旨鹝。谁侜予美？心焉惕惕。

喜鹊在河堤做窝，紫云英长在坡地，瓦片铺在庙堂的中庭，绶草栽在小丘上，所有这些，皆属反常，反映了诗人的危机感。朱熹眼睛很尖，抓住"予美"二字，说此诗是"男女之有私而忧或间（离间）之词"（《诗集传》）。太精到了。

"予美"的对象，乃是诗人爱恋之人，而对方却浑然不觉。于是诗人干着急：如此美人可别被人蒙骗（侜）去了呀！暗恋、暗忧、暗叹，一切都在暗中发生。猜测、推想、幻觉，爱之愈深，疑之愈广。爱情的折磨，微妙而又淋漓尽致。

"防有鹊巢""邛有旨苕""中唐有甓""邛有旨鹝"，是自忧自愁，也是自宽自解：因为所有那些皆不可能，所以自己的担心也是多余的。

"谁侜予美？"谁也不能横刀夺爱！

《月出》：

月出皎兮。佼人僚兮。舒窈纠兮。劳心悄兮。月出皓兮。佼人懰兮。舒忧受兮。劳心慅兮。月出照兮。佼人燎兮。舒夭绍兮。劳心惨兮。

中国咏月的诗篇汗牛充栋，是谁第一个用含情脉脉的审美观照月亮？是谁第一个在这冰冷的自然之物中发现了温情？是谁第一个把它从遥远的天边拉到了眼前，贴近了心灵？

是写这《月出》的诗人。

《古诗十九首》的"明月何皎皎""明月皎夜光"；张若虚的《春江花月夜》；李白的《古朗月行》；杜甫的《闺中望月》……视角、形式、语言千变万化，但迷离的意境，怅惘的情调未变。

最早写出这意境与情调的，也是《月出》。

思念从皎月初升开始。月下怀人总是那么旷远。想象中的美人，倩影婀娜，近在咫尺，又离得极远，时而分明，时而迷茫，端的是"美人如花隔云端"（李白《长相思》）啊。静谧的永夜，月下"佼人"独徘徊，一任夜风拂面，晨露沾衣，直让人"劳心""悄兮""慅兮""惨兮"，愁肠纷乱如麻，怅恨柔婉缠绵。

滥觞于《月出》，后人对月怀人的迷离和伤感之作源源不绝：宋玉的"皎若明月舒其光"（《神女赋》），李白的"若见天涯思故人，浣溪石上窥明月"（《送祝八》），杜甫的"落月满屋梁，犹疑见颜色"（《梦太白》），常建的"松际露微月，清光犹为君"（《宿王昌龄隐处》），王昌龄的"山月出华阴，开此河渚雾，清光比故人，豁然展心悟"（《送冯六元二》），林林总总，不一而足。所有这些望月怀人的诗赋名篇，一如月亮本身，终古常见，而光景常新。

皆拜《陈风·月出》之赐。

《泽陂》：

彼泽之陂，有蒲与荷。有美一人，伤如之何？寤寐无为，涕泗滂沱。彼泽之陂，有蒲与蕳。有美一人，硕大且卷。寤寐无为，中心悁悁。彼泽之陂，有蒲菡萏。有美一人，硕大且俨。寤寐无为，辗转伏枕。

这是怎样一个池塘啊，蒲丝茂密，荷叶田田，幽兰吐蕊，莲花含苞。堤岸上那是怎样一个男人啊，硕大，挺拔，令人向往而心惊！水泽边的女子，生命像蓬蓬勃勃的花草，波光潋滟的池水，荡漾着旺盛的呼唤。在陈国女子那里，爱是绝对的感性。男子的强壮与威风，就是最大的魅力。奈何不了思念辗转难眠，情迷神伤泪如雨下湿了枕头。

一首女子思恋男子的歌，诗意如此敞亮显豁，字面如此直截露骨，率性坦诚，不劳曲求。陈国民间的爱情，自由而热烈，发之为诗歌，皆真挚而动人。

《株林》：

胡为乎株林？从夏南！匪适株林，从夏南！驾我乘马，说
于株野。乘我乘驹，朝食于株！

辚辚的车马驰向株林，为的是去会夏南。风华绝代的美
姬，令君臣皆疯狂。"说"者"悦"也，"说于株野"，喜悦
隐秘不宣；"朝食"者性爱也，"朝食于株"，让人不由不眉
飞色舞。《毛诗序》论及此诗，也一改庄肃："《株林》……
淫乎夏姬，驱驰而往，朝夕不休息焉。"不像反感，倒像心向
往之。

如果说春秋是历史的代指，那么上古陈国是比春秋更远的
春秋。那是这个族群天真无邪的童年时代。没有严峻的律法，
没有严格的教化，没有严厉的道德家；没有圣人批评"郑风
淫"，没有理学家编织伦常密网笼罩社会伦理，没有去势者嫉
恨的窥视和恶毒的诅咒；没有人滑稽搞笑说《衡门》是"隐者
表述安贫乐道之词"（姚际恒《诗经通论》），没有人义正词
严说《东门之池》是"疾其君之淫昏，而思贤女子以配君子
也"（《毛诗序》），没有人别出心裁说"《泽陂》……言灵
公君臣淫于其国……忧思感伤焉"（《毛诗序》），或忧忠臣

孤立之作（刘沅《诗经恒解》），没有人匪夷所思说《月出》是讽刺陈国统治者"好色"（《毛诗序》），甚至是描绘"陈国统治者，杀害了一位英俊人物"（高亨《诗经今注》）。

上古陈国的人们是那么热爱生命。他们耽于情爱而蒙昧于政治。意识自由而纯朴。只遵循着季节的演变和血性的冲动，纵情地手之舞之足之蹈之，放任地醉也痴也颠也倒也。比之后来极力要树立比神圣更神圣、比礼教更礼教、比道学更道学的庄严道德形象的"陈门家风"，不知少了多少庸碌、多少世故、多少俗气、多少僵硬和酸腐。

族谱记录着一个远古的姓氏，那是我生命的源头。也许就因为上古先祖如此地生气勃勃，我在陈姓始祖陈胡公陵前恭恭敬敬地上了三炷高香。

（2013年）

重建文学的"审美之维"

退休并客居异乡的最大好处是可以最充分地享受清静。家居琐事之外，数册书刊消永日，一窗昏晓送流年。

习惯使然，把阅读当作人生快事之一。年初肖建国兄代花城出版社命我选编2016年度散文选，却之不恭，也正好借此机会与朋友们分享一下读书心得。

花城出版社的散文年选十数年来迄未间断，佳作迭出，在坊间颇有影响。除了选编者的慧眼和精心之外，多年来我国散文写作的繁荣是其最可靠的基础。

中国是文章大国。散文写作源远流长，浩浩汤汤。2016年的散文写作承续着这股源源不竭的潮流。全书51篇，作者大都是我仰之弥高的大家名家，有耄耋前辈，更多是青春后生。徜徉其中，如坐春风，如洗灵魂，如蒙启示，真是享受。

20世纪80年代初期，小说曾经独领风骚。随着社会生活的开放，文化消费的多样，当然也随着物质欲望的膨胀，生存竞争的激烈，视听取代了阅读，读图取代了读字。而在大为萎缩的读字人群中，散文因其表达的明快和直接，拥有相对广泛的读者群。散文写作的参与者因此日渐增多，近年尤甚。其中的佼佼者不由分说地遮蔽了早期出现的散文明星曾经耀眼的光芒。

我对关于文学的种种议论少有了解。小说家对散文写作的介入，据说曾经是一个问题。有的散文家认为是"非专业"搅了"专业"的局，弄得散文门户失了纯洁。然而我们看到的事实是，小说家、学者以及其他非散文专业作者的散文风生水起，与"散文专业作者"争芳斗艳。

"散文专业作者"的说法，让我颇感困惑。就写作而言，小说、散文乃至各类文学体裁都不过是一种文字的操练。非要划出圈子，除去想要占山为王，毫无实质意义。说写小说的不可以写散文，等于说卖白菜的不可以卖萝卜。因此就要清理门户，这在市场上叫欺行霸市。俄国契诃夫咏叹的《草原》、中国沈从文描绘的湘西，无论看作小说还是看作散文，谁能说不是最佳的范本？"有了小感触，就写些短文……得到较整齐的材料，则还是做小说"，这只是鲁迅使用写作材料的一种做法，很难说是区别散文和小说的界限。至于"小说帮助我们理解世界，散文则帮助我们拓展人生"这样的话，就更让人费解了。试问，举凡文学，哪种样式的优秀作品不可以帮助我们"理解世界""拓展人生"呢？

2016年的散文，写作的主力中不乏小说家的身影。作家们凭着独有的感性，沿着独特的通道，进入我们的心灵世界。如王国维所言："大家之作，其言情也必沁人心脾，其写景也必豁人耳目，其辞脱口而出，无矫揉妆束之态，以其所见者真，所知者深也"。

中国文坛上，李国文是我最敬重的师长。我20世纪80年代初忝列中国作协文学讲习所学员，私心希望他能当我的指导老师而未得，遗憾至今。缘故有二：一因其人：心地澄明，方正刚直，德高望重。相对于那些人格卑劣、左右逢源、油嘴滑舌以博上位的名流，让人敬仰之外，更乐于亲近。二因其文：小说不必说了，成就卓著。就是那些闲散文字，也是三言两语，切中肯綮，蕴藉隽永。近十余年来，其散文写作已不再是小说写作的余兴，而是倾注了巨大的精力。他在《文学自由谈》的专栏，谈古论今，纵横捭阖，以其深厚的学养和洞察世事的睿智，于混沌的时世激浊扬清。浅近畅晓，切中肯綮。文坛的成败得失、丑态媚骨、波诡云谲尽在其中。令我每读必击节。行文字字妥帖，各得其所，该说的说得充盈饱满，痛快淋漓；不必说的半句废话没有，空白处让你跟着会心一笑。于说古论今、嘻笑怒骂中，对中国文人弊端痛下针砭，揭露真相，剖析劣根，毫不留情。这类文字，很容易读出鲁迅的味道。在物欲横流的今天，这样的文字也许有些寂寞，但正因为此而显得尤为可贵，让人觉得社会良心一息尚存，从而对生活增加一点信心。

新时期改革题材小说的开山蒋子龙近年随笔写作极为活跃，泼辣，凌厉，不掖不藏，保持着强劲的批判锋芒。本书选入的一篇，谈的是小说，却让我们记起那些不该遗忘的民族伤痛。

韩少功、王安忆、张炜、迟子建，是新时期小说家中我最所仰慕的几位。少功、安忆的小说因其思想和美学的力量，常常激动文坛，并引领着潮流。读他们的散文，同样可以清晰地感到其思想视野的开阔和哲学意识的深刻。张炜、子建的写作思如泉涌，高产优质。其立意的端肃和语言的诗性，以及萦绕在文字中的忧郁与感伤，总是让人赞赏的同时止不住叹息。

邓刚斗嘴，是一种智力和语言的狂欢，能言善辩，张嘴就来，妙语连珠，滔滔不绝，看似嬉戏，人生至理在其中；叶兆言对掌故旧闻的娓娓解读，既有小说家的沉稳老到，更展现出家学渊源的深厚。毕淑敏是医生、心理师、作家，作品多与这些职业角色有关，对生活的诠释渗透着识见和温情；韩石山有文坛刀客之名，收入本集的却是一则婉约文字，让人洞见其内心的柔软；陈祖芬不老的童心、葛水平"爱与坚守都与山河有关"的乡土情结、郭文斌"让人们在最朴素最平常的生活现场找到并体会生命最大的快乐"的热心都那么让人感动。

阎刚曾经以其气势如虹的文学评论在勃兴的新时期文学叱咤风云，而今其面临的困惑，其实是整个知识界的困惑，"是百年来困惑民族的大难题"。

本书收入的几位文学评论家的散文，都各见性情：阎晶明谈鲁迅与酒，"并非是小题大做的刻意为文，实在是一扇值得推开的窗户，可以看到一个复杂、微妙的世界"。

主编的品格决定着刊物的品格。任芙康在《文学自由谈》当家多年，该刊指点文坛，亦雨亦晴，在逼仄的表达夹缝中游刃有余，多少染上了主编的个人色彩。他那些短小精悍的评语，尖锐而不致刻薄，俏皮而不致油滑，对语言分寸的拿捏和对火候的把握恰到好处；福建有深厚的散文传统，分别以理论家和小说家著名的南帆、林那北夫妇，散文同样成绩斐然，呈现各自的智性与活跃。

专门从事散文写作的作家们自是各见风采。

李舫的文字之前读得不多，偶然接触，立刻就为之震动。其审视和剖析历史人物的高屋建瓴、大气和才情，全无女性散文难免的小情调乃至脂粉气。后来有机会认识，听到她坦率自白的"生就女儿身，心比男子烈"，证实了当初阅读文字的直觉。因为在故宫博物院做研究工作，祝勇有很多机会与真迹相遇。那种跨越时空的相遇，让他感觉特别震撼。他以扎实的艺术与历史功底，用散文笔法引领读者进入恢宏的古典艺术世界。他解读的《清明上河图》远不止是一般人看到的市井气息、繁华景象。而是命运的交叠、时间如水一样的不复还、繁华背后的凶险："担轿的、骑马的、看相的、卖药的、驶船的、拉纤的、饮酒的……他们互不相识，但每个人都担负着自己的身世、自己的心境、自己的命运。这座城就不仅仅是一座物质意义上的城市，而是一座'命运交叉的城堡'。""画中的那条大河，正是对于命运神秘性的生动隐喻。时间和命运，被张择端强化为这幅图画的最大主题"（祝勇）。刘亮程的散文有一种梦幻的、轻盈的、飘逸的、似乎非理性的与乌托邦互生互长的美学特质。他站在返归原始的立场，以一种古老的感官体悟方式回到人类本身，以一种最简单直接的方式不慌不忙地叙述或者说构建着一种人类久违的自然生存状态；周晓枫思维敏锐、识人论事一针见血。其文字的犀利恰如其人,独抒性灵、别出心裁,是考究、绵密和纯粹的书面语言,却率性而深刻。"草原剑客"鲍尔吉·原野曾连续三年被评为"90年代中国十大散文家"。其文字干净而优雅,智慧而俊美,幽默而不失朴实,豪放而不失细腻;多年前,我在上海文艺出版社的《小说界》读到刘小川的《品中国文人》系列,记住了这个名字。刘小川给我最深印象的是他阅读古籍的丰富,以及叙述的活泼而使故纸堆中呆板的亡灵有了趣味。本书选载的《庄子的逍遥游》,较为集中地体现了这一特点。

对散文语言的种种议论,是令我颇感困惑的另一大问题。编辑本书的过程中,有的作家犹疑自己的文字几近口语,似乎过于平白;有的作家又觉得自己的文字趋于华丽,似乎不够成熟,诸如此类。固然表现出一种可贵的自谦,但不无可以讨论的地方。

愚见以为,散文作为一种最自由的文体,给予作家语言驰骋的空间是最大的。散文品质的高下,除了真善美抑或假恶丑可以作为基本的衡量标准,追求理性与耽于感性、精雕细刻与大刀阔斧、冷静叙述与热烈抒发、沉稳练达与灵动率真、简洁明了与扑朔迷离、口语化与书卷气、小女人的顾影自怜与大男人的心雄万夫、浅斟低唱的婉约与铁板铜琶的豪放、精致唯美的歌吟与自然质朴的言说，孔子的辞达而已与庄子的汪洋恣肆、含蓄收敛惜墨如金与激情澎湃语言狂泻，乃至思想抵达的深浅，学养积累的厚薄，事实上都并不能决定散文美学意义上的优劣。作家个人自可有各自的个性，读者诸公自可有各自的喜好，然而，对散文写作的整体面貌而言，却无疑是千姿百态、异彩纷呈地好。并立并存是正常的，扬此抑彼是狭隘的。正因此，我们今天的散文阅读才如入山水胜境，峰回路转，皆有可观，万紫千红，目不暇接。

纵观文学史，一个不可否认的事实是：一个时代有一个时代的作家，一个时代有一个时代的作品，一个时代有一个时代的文学生态。最可让当代散文界振奋的是，一大批中青年作家极大地壮大了散文写作的队伍。他们的文字坚实，真挚，灵气逼人，生气勃勃，以各自的生命体验，各自的视角和心智，各自的特征和实力，对生活和生命现象作出了富于内涵的理解和诠释。正是他们的才华与努力，决定着中国散文的现实与未来。

某些哲学家所持的现代工业社会"只有物质生活，没有精神生活"的观点，我们也许不能完全同意，但现实生活中"艺术的大众化和商业化导致人和文化的单向度"，某种程度上却是一种事实。强调艺术既是一种美学形式又是一种历史结构，是充满诗情画意的美的世界与渗透价值意义的现实世界的统一，重建文学艺术的"审美之维"，促成完整的人的再生，始终是时代的一个不可或缺的命题。

（2016年）

第三辑

一个悠远绵长的青春怀想

初中三年级。一个下午，我刚打扫完教室预备回家，在走廊上忽然被一个人拦住了去路。他比我高，像一堵门似地遮住了他身后走廊出口的微弱光亮。我就读的这所中学先前是一所外国人办的教会学校，教学楼的走廊深长且幽暗。我一时没有看清他的脸，吃了一惊，以为自己做错了什么事。那时候，我是一个很胆小的人.

他忽然扬起脸，爆发出一阵大笑，"嘎嘎嘎"地有一点像鸭子叫，不同的是比鸭子的叫声要尖锐。这笑声过了好久才停下来。

"我看到了你贴在墙报上的诗，来认识认识你。"

我终于看清了他，一下子陷入了更大的惶惑，几乎有些狼狈。就像有一次我上完厕所回到一大群男女同学中间，忽然有个同学大惊小怪地向我指出来我的裤扣没有扣上一样。

他说的墙报，是头一天我和班上其他几个同学一起搞的国庆特刊。划给我们班出墙报和特刊的黑板就在教学楼入口一侧的墙上，所有人进出教学楼都要经过那儿。那些年我最热衷的是成为一位诗人常常写了许多的"诗"寄出去发表，当然都没有结果。但因为是班干部，掌握着一部分出墙报的权力，也便就使得那极强的表现欲多少得着一点安慰。

但却没有想到会被这个人注意到。

从小学开始，这个现在被全校的崇拜者称作"唐璜"的人就是我心目中的偶像之一了。

五年级的一堂作文课，老师在黑板上挂了一篇事先用毛笔抄在大白纸上的范文。文章的题目是《城市的黎明》。具体的文字当然是难以记得清楚了，但老师当时读这范文时的如醉如痴的神态，以及我们所有的同学在一旦知道该范文的作者就在我们同一个学校，只比我们高一个年级之后的惊叹和羡慕，依然历历在目。我当时的印象是一种想入非非的神往：我自小生长的这个城市原来是可以得到这样美好的赞颂的。

在一次全校性的少先队活动中，我终于有幸仰慕他的风采；他是我们学校少先队的大队长。当时他正走在最前头带领着庄严地吹着洋号，敲着洋鼓，高举着星星火炬队旗的仪仗队绕操场一周。仪仗队的队员们着装整齐，一律的白衬衫，蓝裤子，白袜子和白球鞋，这使得最突出的他显得有些滑稽：他打着一双亦脚，裤腿瘦而短，只勉强遮住小腿肚，衬衫皱巴巴的，已经很难说是"白衬衫"了。他不时地吸着鼻子，咧一下很厚的嘴唇，伤风得很厉害的样子。他的头发很长，前面的那一部分垂下来，遮住了一只眼睛和半边脸，使得他不得不时时略低一下头，然后又用力抬起来，往后甩一下（这甩头发的样子，后来为许多人所模仿）；后来就知道了更多的一些关于他的事：他上学以来从来没有买过课本，他所有的作业本都是用到处收集来的纸片装订的。他的书包是一只破旧的藤制的篮子，篮子的提耳已经脱落，另外用麻绳扭了两只。那篮子里装的是一些谁也说不消的东西，有一次我见它装的是满满一篮煤球。他一直是我们学校最优秀的学生。

进了中学之后，他的一切依然如故：依然是常年打着赤脚，依然是瘦小肮脏的衣服，依然是不时地吸着鼻子，总是伤着风，依然是遮住眼睛和脸的长头发，依然是潇洒地甩头，依然是被人们所瞩目，议论和模仿，依然是没有课本但有着优秀的成绩。他的作文被老师抄袭，送到报刊去发表，赚取稿费买高价烟卷。他现在是校团委的副书记（书记按规定让一位青年教师担任）。

我一直单相思似地崇拜着他，我就像对着太阳似地想着又不敢睁开眼睛。现在他却突然到站我的面前，明白无误地喊出我的名字，让我惊慌失措。

"愿意跟我去走走吗？"

我连连点头，然后就像一条怯生生的小狗似地跟上他。那天我没有吃晚饭，但一点也不饿。我们沿着环城大道，一直走到接近半夜，大街上已阒然无人；只有路灯沉默的光亮和梧桐树寂寞的"沙沙"声。我很少说话，始终摆脱不了最初的惶惑。一直是他在说着。他似乎是评价了我的那首献给国庆的诗（评价不高），然后他说出了许多我尚未接触过的诗人的名字。其中有拜伦，拜伦的《唐璜》，唐璜在16岁时同一位比他大得多的贵夫人私通被赶出了故乡。说着这些的时候他不时爆发出比鸭叫还尖锐的笑声。这笑声使我极力搜寻自己的记忆，终于记起来伏尼契描写的牛虻也是这种笑声。

这样的夜行后来每星期都有两三次，成为我结束少年时代的日子里最有兴味的生活内容之一，变故是从电影《芦笙恋歌》之后发生的。那次我们一起看了这场电影。在电影放映的大部分时间里，"唐璜"都在打瞌睡，有几次甚至发出了很响的呼噜声（这是上呼吸道感染造成的）。我则看得很入神，最使我感动的是那首恋歌（青春的最初的萌动业已悄然来临我的心头）：

"月亮和那天一样，

阿哥啊，不知你在什么地方。

梦里听见你吹芦笙响，

醒来时不见你在我身旁。

……"

从影院出来的时候，我的眼角还留着明显的泪光。"唐璜"很不以为然，尖锐地怪笑着，同时吸着鼻子。他终于止住了笑，跟我谈起了关于西南边陲的事情。

"那个地方很美，是不是呢？"

他同我说话，无论什么话题，都用的是这样的语气，似乎我也像他一样熟知这些话题似的。他从不想使我发窘，但这反而让我更难堪，使我无法承认自己的无知。我心里有一种极大的紧张感，讷讷地，唯唯诺诺地，却又渴望把这些话题继续下去，于呈只有可怜巴巴地搜肠刮肚。那次我记起徐迟的一首诗，那是前几天我才从学校图书馆的阅览宣读到的：

云南撒尼人人口不多，

他们可有两万多音乐家，

还有两万多舞蹈家，

还有两万事诗人。

他们有两万多农民，

还有两万多牧羊人，

不要以为他们有十万人，

他们的人口只有两万多。

这首诗写得很机智，因此也好记。除此之外，我还听说过"三月三""泼水节"之类。

"艾芜，你是知道的。"

他突然说。

"什么？"

"艾芜。"

"不……我不晓得……没有听说过。"那时候，我是真的不知道艾芜及其著作。

他于是讲起了艾芜的《南行记》。

一位瘦弱的青年，为了摆脱家庭安排的婚事，身上带着哲学、经济学、社会学著作，远走他乡，到外省外国去流浪：……滇缅灰色的大道，蜿蜒地从群山里伸下来，峡谷里由中国奔来的大盈江，在深谷里独自歌着，仿佛选出故乡，远来异国，正是非常快活地，高兴地……索桥……神祠……傣楼……飞在山峰顶上的岩鹰……瘴气……斗笠……雨……马灯……整夜山行见不到人的恐慌和对人的渴望……红艳艳的罂粟花……偷马赃……稻草的干香、马尿的浓味和马粪浸烂的脚……月光和火堆……私烟贩子……打花鼓的母女……逃出妓寨的姑娘……衣衫褴褛的背盐巴的马帮……燃指献佛也赶走邪恶的和尚……沦为乞丐的残废士兵……害肺痨的算命先生……杀了恶人躲到彝地寂寞过日子的老人……懂礼信的强盗和饥不择食得令强盗生畏的逃荒者……

我听得呆呆的。常常不自觉地停住脚步，仰起脸看他。

"我也想流浪。"

最后"唐璜"突然说，神情很是严肃，使人不能不相信他。他这个愿望甚至有哲学做基础：他认为似乎可以说，人的生存本身，就含有某种流浪的意味——人被不可知的力量放逐到尘世上，然后受制于各自的命运四处漂泊。

他并且是作过种种准备的。他后来领我去过他的家。那是一幢老旧的挤了很多户人家的楼房。他在一层楼梯底下辟了一个只属于自己的角落，里面只有一张床：几块没有刨光的木板架在两堆垒起的砖头上，木板上铺着一块破烂不堪的发黑的床单，床的一头放着一块从河里捡来的红砂石，那是枕头。他说，他一年四季都是这样睡的，再冲的冬天，木板上也并不加棉絮。他跟我说这些是无意的，他并没有特地邀过我到他那儿去，是我自己要去拿他打算借给我看的几本诗集的。

使我相信"唐璜"真的打算去流浪，还有别的根据：他还在无意中说过，暑假他在赣江的岸沿上过夜的时候认识了一个露宿的乞丐。那是一个河南人，跟他同岁，没有上完初中就出来流浪了，已经走遍了大半个中国。谈起这位河南流浪者，他的语气里有一种明显的神往。有一次我们从市内的一座公园路过，他提议从公园里穿过去（公园有前后两个门），但是他却不付钱也不让我付钱从门口进去，而是让我跟他一起翻高高的栅栏。这当然是一种冒险，这冒险在我看来并非仅仅是寻求刺激、胡闹。

我不由开始对他警惕起来。

我是在各种各样的关于规矩的教诲中长大的，先是祖父的、父母的、然后是老师的，其他长辈的以及书本上的。我很听话——当然是这些永远正确的，能使我好生做人的话，我全神贯注地聆听这些教诲，极力连同教诲者说话时的呼吸都牢记下来。在所有这些人的眼睛里，我从来都是好孩子，我不能想象自己有一天会有什么越出了那些规矩哪怕是一分一厘的念头。现在，我忽然隐隐约约地感到，我有可能被他带出我从来信守不移的生活轨道。这担忧不久竟真的被证实是不错的。

我被班主任找去谈话，原因是我同班上一个女同学的接近引起了老师的不安，他担心这是一种出现得过早的苗头。（我一点也没有要责难我的这位严谨的班主任的意思，他是全身心地为我好的。）

　　"你大概受了什么影响。你最近同谁来往多呢？"

　　我不加思索就说出了"唐璜"的名字。

　　"难怪！"

　　班主任似乎是茅塞顿开。

　　"学校原是要处分他的，要不是改得快。他就是早恋。"

　　我听见自己的心沉重地一响。

　　我一下子记起了"唐璜"借给我的诗集中的那些写满了空白处的凌乱的诗句，这些诗句的意义本来于我是朦胧的，现在一下子清晰了：

　　　绣球已开出一团团地绿

　　　丁香和紫藤花照耀幽暗像星一样

　　　夜色静穆得要微微颤抖了

　　　树木都在寂寂地悲伤

　　　这样的夜里你也在做着梦吗

　　　半闭着眼睛作奇妙地飞翔

　　　你梦的翅膀一定是雪白的

　　　它的屉开有安宁的声响——

天仙一般缥缈地

舞蹈在湖边的草地上

周围的空气清凉

空中一片银色的安详

只有我守住这空虚的阁楼

离开多久了，你是不是已把我遗忘

不是因为年轻的残忍

是因为大多此刻一般甜蜜的辰光

而我，今夜的梦又会月光一般流动

依恋地流动在涤纱掩的小窗

这无疑是一首情诗，而且是已经有了具体对象的。班主任说，因为早恋的被发现，那位女同学转学了。

我先前的许多疑窦便都得到解答：

他为什么来找我，是因为空虚；他为什么大谈唐璜并且被人称叫"唐璜"，是因为他觉得自己像那位早熟的诗人并且他差不多就是那么一个人；最危险的是他一点也不打算改正自己的错误——他所以想去流浪，是因为他对学校怀有抵触情绪，他还没有同那种不正常的感情决裂，他的另一首题为《眠蚕》的诗正是这样的意思：

虽然包裹着我们的丝茧

隔绝了外面的声音

我们久久地睡眠，在冬天

好像一群静止的生命

但是我们并没有死去

我们是在等待着苏醒

到了夏天我们便会有一对翅膀

可以到处翩翩地飞行

那时，六月的风多么舒畅

天空发光而且轻盈

它的下面，是河流愉怡的波浪

和广大绿色欣欣的森林

　　"丝茧""隔绝""冬天""静止""死""苏醒"，所有这一类的词一下子变得叫嚣起来。这是在诅咒现实，是不满甚至是仇视啊！我对他的崇拜一下子变成了恐惧，这好像童话中的那个天真的小红帽在森林里采着蘑菇一下子发现面前站着一只狼。这种恐惧感紧紧地攫住了我的心，半夜里常常被噩梦惊醒，满脸满身出着冷汗。我开始躲"唐璜"，像躲开瘟疫。我同时检讨自己对那位女同学的好感，这不能不说受了"唐璜"潜移默化的影响，所谓近朱者赤，近墨者黑啊。我于是也决然地疏远了那位女同学。初中毕业，我自愿报名到一个远离省城的农场，"投身社会主义建设第一线"，除了许多别的原因，远远地避开"唐璜"也是一个重要的考虑。

"唐璜"也许一直都不知道我有意识地躲避他，他肯定想不到他对我的命运会发生那么重要的影响。我下乡两年以后，同他在庐山脚下的一座城市里邂逅。当时我在一家商店的檐下避雨。雨很大，街上行人不多。一个人浑身淋得透湿，却依然散步般悠闲地在大雨里走着。我怎么也没有想到，等这个人走近了，我才忽然发现竟是两年多不见的"唐璜"。他也发现了我，加快了步子向我走来。

"你下乡怎么不告诉我？"他劈头就问。好像我们分手只是头天晚上的事。

我默默地看着他，什么也说不出。我想哭。

跟他说什么呢？跟他说，那时我拼命想从他身边逃开，现在我已经后悔了，后悔于可笑的单纯和幼稚？跟他说，下乡时的一切热烈和浪漫都消失得一干二净了，剩下来的仅仅是赤裸裸的为生存所作的艰辛努力，在乡下染上的血吸虫病差一点要了我的命？跟他说，乡下的革命派"破四旧"的时候，我慌慌张张地偷偷把他以前借给我的那些诗集（当初我躲他躲得太彻底，连还书也使我害怕）一把火烧得精光？跟他说，我一直复杂而忧伤地怀念着他？

"你来这里做什么？"

过了好久，我问。其实我知道，他们是可以到处跑的，这正是红卫兵大串连的日子。

"上庐山。"

"串连？"

"串连？"

他仰起脸"嘎哩"地笑起来，依然是那种比鸭叫还尖锐的怪笑。又使劲地吸鼻子。完了，从裤兜里掏小一团脏兮兮的红布来擦鼻子，我看出来，那是一只红卫兵袖章。

"就叫'串连'吧。我快'串连'完大半个中国了。'串连'到哪一天为止，我不管。"我呆了。他是真的在流浪了。但他似乎有一点遗憾，忽然问我：

"你为什么要下乡呢？假如是我，决不会的。我宁愿自杀。"

外面的雨声很响。

"唐璜"在很响的雨声里跟我说的这最后的一句话是一句谶语。

此后我们再没有机会相遇，也再没有相互的音讯。十几年

之后，我从我插过队的那个县迁回到省城，有一天晚上接待了
他后来的一位朋友的来访。这位朋友带来了自己的祭友诗和故
友"唐璜"的最后几页诗稿。这位朋友相信我像他本人一样深
深地在心里铭记着一位有才华的早逝的诗人。在那些诗稿里有
一首《告别》：

哦，我多么希望，又多么害怕

最后一次，再听见你的声音

不用担心它会引起我的痛苦

我已走进了绝望的平静

一切我都想过了

我决定顺从命运

我道再不能使你幸福

而你带给我的快乐或是不幸

都太强烈了

太能摧毁我脆弱的心灵

你是一只候鸟

永远不能缺少温暖和光明

而我一天比一天更麻木而混乱

在孤独和寂寞中沉沦

我还是决定走了

让我带走所有的阴影

面在别前，我是多么希望，

又是多么害怕

最后一次听见你的声音

诗没有留下完稿的日子，但我想这该是"唐璜"最后的诗篇之一吧。他告别的是恋人，但我想也该是他温柔地和敏感地爱过的所有的人吧。

"唐璜"果然是自杀的（这简直真的要使人相信宿命了）。整个"红卫兵"运动里，他始终是逍遥派，他不肯就范于任何一派，因而也没有任何一派在毕业分配时帮助他（当时是"四个面向"，他祖辈几代都是"红五类"，完全有条件进工厂的），他最终被划入下农场的名单，他在那个农场只生活了几个月。当时农场正在狠抓阶级斗争，像他这样向来就被看作"不正常"的人，到了一个更其严酷时环境，自然就更其难以适应了。夜访的那位朋友的《祭友》诗这样描写了"唐璜"最后的那段日子：

黄昏来了，

　　你常常沿着堤岸独自徘徊；

　　一只天鹅从头上飞过，又飞远了

　　你陷入迷惘，久久望着天边的暮蔼

　　"唐璜"最后用一条被单结束了23岁的生命。这之前，他在宿舍后面的小山坡上拉小提琴到半夜，他的行为向来乖僻，因此当时没有人特别注意到他的异常。他自然是脆弱的。因为脆弱而不能同纷繁的生活相处；他自然又是美丽的和热烈的，他曾经有过怎样的才华、怎样的憧憬和怎样的爱！这怎么能不在友人的心中引起无限深长的痛惜。《祭友》用极大的同情表达了这种沉重的追悼：

　　太透明就容易破碎，

　　太美丽就容易衰败，

　　太热烈就容易熄灭，

　　太纯洁就容易悲哀。

　　你仿佛天生就是残废，

　　只能拄着拐杖不能丢开。

　　那支撑着你的拐杖，

　　一根，是诗，一根，是爱。

是的，"唐璜"天生属于艺术与情感，艺术与情感既不见容于人世，他也就无可留恋。作为一位无名诗人，"唐璜"死后没有墓碑，没有花环；没有哀乐，没有送别的泪水。如今，那个掩埋他的小小的土堆也陷塌，无以辨识。但是，曾经像一缕绚烂的霞光一样出现在我生命的早春却一度被我背弃过的这个人，我是永远也不会忘记的了。在我迷茫的人生旅途上，他是最早地把艺术和对人与生活的挚爱这两支圣火交到我手里的启示者之一。他和他的诗，他的尖锐的笑声、鼻息，永远不铺棉絮的硬板床，红砂石的枕头，装满煤球的藤篮以及我所知的关于他的一切的记忆，是我永远的财富。

　　云雀跳跃在高峭的瓷棱
　　啁破林中古老的寂静
　　麋鹿温驯地伏在绿草上
　　听燕子讲远方的事情——
　　我们的燕子刚从远方归来
　　双翅上扑满了异地的风光
　　它说远方有一条悠长的驿道
　　驿道上滚动着沉重的车轮
　　它说远方有一座茂密的树林

少女在寻找着昨夜的脚印
它说远方有一幢满是青藤的小屋
月光浸湿了不眠的眼睛

　　我多么愿意自己是"唐璜"诗中的那只麋鹿，多么愿意他
像燕子一样从远方重新归来。等到我有机会真的开始我的文学
旅行的时候，我最先记起来的，常常是很多年前他在我们的那
些环城夜行中，向我讲述的一切。正是这种悠远绵长的怀想，
使我逐渐地越来越多地寻回我一度失落的一切。

（2001年）

永远的"熊组长"

60年代开初的那几年，是一连串物质贫乏的日子，同时又是一些充满了理想主义激情的岁月。

1964年初中毕业，我几乎没有任何犹豫，便自己要求去了长江中下游一个国营农场，一呆就是八年。

起初两年，我几乎每天都写诗：太阳、月亮、星星、风、雨、雪、长江和远山，春耕和秋收。床底下的泥地生出的芦苇、草棚的窗口垂下的刚绽芽的柳枝……诗几乎无所不在。

劳动和诗，都使我狂热而忘我。

进入1970年，全中国的知识青年似乎突然醒悟，风起云涌地开始了大返城的艰难历程，不到一年时间，我所在生产队先前住了几十号知青的一长排宿舍只剩下我孤单的声音。

他就是在这个时候照亮了我的生活，并从此改变了我的一生。

1971年春天，县里派了一个工作组到农场来抓路线教育，他就是这个工作组的组长，姓熊，名汉川。

当时正有一个由省地县三级联合组织的写作班子在农场采写一个模范人物的报道，由熊组长负责，我也被临时调去做采访工作。我被要求：把采访记录尽最大的努力加工成有完整情节的故事。我干得很认真。那报道后来在国家最大的报纸的头版以整版篇幅刊登出来，其中有大量的段落出自我的手笔而且几乎一字未改。写作班子在农场的工作结束的时候，其中有几个县里来的干部很同情我的处境，觉得我更适合做一点文字的工作，而以我的劳力，则很难胜任做一个农工。我因为下乡的次年即感染上血吸虫病，乡间条件简陋，几近野蛮而危险的多次治疗使我早已形销骨立，虚弱不堪。他们商议说，"去找熊组长"，"熊组长是好人"。

熊组长第一次来看我，就从已经破损的黑提包里抽出亲手写的"路教"工作的总结报告，让我"改一改"。然后他就坐在我身边，一边抽着烟，一边侧着头，注视着我的笔尖的移动。

几天后他和"路教"工作组离开了农场。走之前我们再没有单独见过面。

一个星期后，我忽然被通知到场广播站做编辑工作。但顶多三个月之后，农场办公室主任跟我说，场部干部本来就多，用不着再从下边抽人。

我只有回到先前所在的生产队。

春天是血吸虫的排卵期。每到这时我的血吸虫肝就异常疼痛。加上虚弱，加上沮丧，我病倒了。我独自躺在床上，无法做饭，无法烧水。夜里，在无边的黑暗中，听着风在屋上刮出的尖叫，听着江水在堤岸拍出的闷响，我第一次感到死的恐惧。而我是不甘心的。第二天我挣扎着起来，去四五里外的码头搭船。然后我在省城的家里住了将近三个月。

在坐火车从省城回农场的路上，我却不知怎么忽然在中途下了车。这里是我务农的那个农场所在县的县城。我是第一次来。下了车，我随着人流出了车站，便一个接一个地向人打听县委宣传组熊组长的家。

那天我就住在他家里。我在农场的情况他已经知道。而我是到这时候才知道，原来让我到场部广播站搞编辑工作，是他在工作组工作结束时向农场领导提的建议，农场领导当时显然是出于对他的尊重，采纳了这个建议。这采纳却是有限度的。第二天上午熊组长送我到火车站。他让我先回到农场去，县里工作有需要，他会去找我的。他一再叮嘱我要注意身体。

大约两个月之后的一个中午，一个从县城来的干部到生产队来找我。他是奉熊组长的指示到农场来借调我的。熊组长这时候已经是县委常委，属于县委领导成员了。

那位干部在路上告诉我，熊组长为解决你的工作问题做了很多努力，但目前招工指标卡得太死只有先借调，慢慢等机会。这位干部很感慨，他晓得熊组长跟我非亲非故，以我的赤贫，也无从孝敬于万一，他只是爱才。

我像珍惜生命一样珍惜这些日子，我从不让自己闲着。省城报纸不断有我的稿子出来。县委领导很高兴，说宣传部工作得不错，我因此成为小有名气的"笔杆子"。倒是熊组长几乎从来没有表扬过我，别人在他面前夸奖我，他也只是微笑不语，但我清楚，他在心里是很为我骄傲的。

1973年，出现两次机会：一次是推荐上大学。我都因为"出身不好"被否决了。两次失去机会，我心里一片灰暗。熊组长很严肃地对我说：妥善为你解决工作问题，我是从工作出发来考虑的。一个人，做人要有正气，走路要走正路，我们不做偷偷摸摸的事！

这一年冬天，熊组长调到另一个县去当县长了。他走得很匆忙。那几天我正在乡下采访，我得到消息的时候，他已经赴任了。

我取得国营正式职工的编制是两年之后的事。这两年里边，我没有再见到熊组长。但熊组长却一天也没有忘记我。每次有县委或县政府机关的同志在什么地方开会或出差碰见他，回来总要告诉我，熊组长又问起我的事了。熊组长的菩萨心肠把他们都感动了，简直让人难以理解一个人对另一个并无深刻关系的人何以关心到这种程度。我听了总要难受好些日子，我已经成为熊组长的一个沉重负担了。他担任县长的那个县是个穷县，大半在山区。他在那里有很好的政声。他的劳累和辛苦是可想而知的，他的人生不可能有多少轻松。却还要时时要为一个远在异地、跟自己毫无利害关系的极普通平凡的小人物的命运怀着忧虑！

因为《小镇上的将军》的发表和在全国获奖，1981年我从县文化馆被调回省城从事专业创作。临行前我专程去找熊组长所在的县向他辞行。他很高兴，留我在家里住了两天。那两天他正在县城开会，晚上我们聊到很晚。过去的事一句也没有谈，他跟我谈了很多县里文化建设上的事。他说这个县有好几个业余作者，很不错的，你以后有机会要多帮助他们。他所寄望于我的，并不是浅薄的世俗的"报恩"。他最大的欣慰是我真正能够在事业上有所作为。

（2004年）

对一座大楼的告别

别了，大楼，谢谢你这些年来的容留。

说起来，我们的缘分是从我的少年开始。那时候我是一个贫穷人家的儿子。而你是这个城市的骄傲。我对尊贵和富裕并无向往，我向往的是你的艺术气质。高大的树和碧绿的草坪烘托着堂皇而庄重的俄罗斯风格——我那时是那样的崇拜俄罗斯的诗人和作家啊。每个周末的夜晚，你的最多容纳四五百人的小影院放映二轮的外国影片。为了能看这些影片，我常常在不上课的时候，守候在马路上坡的地方，揽给上坡的板车帮车的活，每次得到几枚分币，一旦积攒得够数了，就投进你的售票窗口。然后，在夜晚的昏暗光线中，小心地掩紧衣服上的破绽，局促、紧张、忐忑不安地进入你的挂着厚重窗帘、铺着柔软地毯的小影院。我并不是害怕自己的寒伧，而是害怕亵渎了你的高贵。我的文学的理想就在你的让我怯生生的很快又聚精会神的怀抱里一天天成长。我记得最清楚的一场电影是《漫长的路》：爱情，强权，抗争，生离死别，蔚蓝的大海，忧郁的灯塔，西伯利亚黑暗的雪野上孤独的驿站和马灯，在狂暴的大风雪中渐渐消失的马车和绝望的呼号。我当时完完全全地进入主人公的命运世界，在痴迷的状态里迷失了自己。现在我知道了，那条漫长的路其实就是对我的终生的文学生涯的一种预示。

别了，大楼，谢谢你这些年来的容留。

与你的最早的那段接触太过短暂，大约是一年半，最多两年。初中一毕业我就下乡了，我知道母亲不仅无力供我升学，而且我必须独立谋生。远离了我生长的这座城市，远离了你。有将近二十年时间，我只能在回家探亲的时候，偶尔路过你的门前。我的日子很糟糕，血吸虫病和"文革"的煎熬让我形销骨立。而你也一天天在丧失当初的容颜。我一次比一次更多地发现你的衰老，就像我一次比一次更多地发现母亲的衰老。你的曾经那么鲜亮的墙面一年比一年晦暗，你的曾经那么坚挺的轮廓一年比一年残破，你的曾经那么茂盛的花园一年比一年凋零，你的墙头居然长出了枯草就像我母亲的头颅啊，君不见高堂明镜悲白发，朝如青丝暮成雪。

别了，大楼，谢谢你这些年来的容留。

因为千载难逢的历史机遇，我有一天居然有幸成为了受你荫庇的人们中的一员，而且持续了将近二十个年头。我将永远怀念那个时代，那个鼓励创造、鼓励个性、鼓励独立见解的时代，那个为国家和民族带来无限福祉、也使我个人有限的才华得以纵情发挥的时代。我还将怀念所有那些对在这座大楼进行的工作抱有善意的读者，任何稍稍清醒的作家都知道，读者的认可、关注包括批评，才是对自身工作的最高奖赏，其他的虚荣都无足轻重。我因此还将怀念文学。文学使我安于寂寞，安于淡泊，使我一再提醒自己不要过于庸俗，使我的心灵始终向往着最大限度的广大、充实、光明，使我曾是那么执拗地像疯子堂吉诃德似的想要在一片喧嚣的市井声中为文学的灵魂寻求一块净土一片绿洲一处家园。

遗憾的是我留下了太多遗憾。随着我的离去，这些遗憾将被带走，取而代之的是我的于事无补的惋惜，还有或多或少的惆怅。

我知道有人憎恨我，因为我的率性，偏执，刚愎自用。但我依然想向他们道声好。即便他们并不屑于这问候，对之嗤之以鼻。

我知道有人厌恶我，因为我的孤僻、散淡、疏于逢迎。但我依然想向他们道声好。即便他们并不屑于这问候，对之嗤之以鼻。

我知道有人蔑视我，因为我的才疏、学浅，名不副实。但我依然想向他们道声好。即便他们并不屑于这问候，对之嗤之以鼻。

我当然更知道有人始终在努力支持和帮助我。我为他们祝福，相信他们也乐意接受这廉价的祝福。

别了，大楼，谢谢你这些年来的容留。

是时候了，是从容辞别的时候了。这一次该是我们永久的分别。此后，除了私人事务，再没有主动进入的理由。有位政治家说：不要走近不再属于你的位置。这是睿智，也是品质。我不是政治家，但我崇敬这睿智和品质。很多年前我就懂得了，一个人要在社会需要的时候能够激流勇进，也要在社会不需要的时候能够急流勇退。这才是真正进退裕如的人生；很多年前我就读懂了曹雪芹的《好了歌》，既要尽可能完美地为他人做嫁衣，又要在落幕时毫不迟疑地及时下场；很多年前我就懂得了公共权力并不全等于权力拥有者个人的价值、人们对权力的尊敬、畏惧和趋附，并不全等于对权力拥有者个人的尊敬、畏惧和趋附。一旦卸去权力的铠甲，个人便只剩下躯体的重量和人格的质量。

别了，大楼，谢谢你这些年来的容留。

你承载过我的文学理想，承载过我最重要的一段人生。我们曾经那样的共着休戚，在我将要离开的时刻我深深地为你的未来祈祷，尽管这也许多余。有一天你终会从地面上消失，而我肯定会消失得比你更早。我会比你更早地在焚尸炉里化作一缕青烟。我已经交代过我的亲人，到时候不要惊动至亲至爱者以外的任何人，不要操持任何仪式，不要在卜告、悼词、花圈、挽联、坟茔、墓碑一类事情上费神。我太渺小了，太不值得郑重其事了。因为这渺小，我要越过庄子的世界，他以"天地为棺椁，日月为双璧，星辰为珠玑，万物做殉葬"，仍不免拘泥于物。我要干干净净地从这个世界消失，好让这个世界因为这干干净净的消失而少一点污垢。而你，即便消失，也必将像凤凰涅槃一样再生。任何人生的历程都有终结的时候，唯有人类文明的薪火永续。

（2008年）

客粤信札

关于兼职

此次在贵地参加活动蒙您郑重邀请加盟签约作家，非常感谢您的抬举。因为您的郑重，我也就格外认真。回来思忖再三，还是不敢受命。原因有四：

一是最近几年，我的主要精力恐怕会用在照顾幼年的小孙子。儿子儿媳都在打拼的年纪，早出晚归，无暇顾家。请保姆，我们又不太放心。说来让你见笑，我做家务的本事——包括做饭、带孩子，远超我写作的能力。在这一点上我敢说在我认识的同行中还真不多见。

二是胸无大志，散漫惯了，随意性很大，写作常是即兴而为，从来没有过计划，想到哪写哪，写到哪是哪。因为知道自己不具备相应的先天才华，从不敢妄想当大作家，写大作品。

最怵的就是在聚光灯和众目睽睽下高调亮相。我的人生态度属于消极的一类，在人世这个大剧场只愿也只能做观众。致使至今不成气候。到了这年纪，已不适合凑"作家村"之类年轻人的热闹，该懂得收敛，懂得消停，懂得静穆是最好的状态，懂得别像广场大妈舞那样吓人了。多年来，我在实际上也已淡出文坛，脱出三界外不在五行中。而加盟签约等于重新给我加了一副已经放下的耕牛轭头，我怕是承担不起了。

三是生性懦弱，不喜惹事。从小父母就谆谆教我无事早归，葫芦挂在脖子上不如挂在墙上。我自己也一向崇尚简单生活的原则。在职时我除了工资所据的公职外，从未担任任何社会兼职，当过几天评聘全省作家职称的负责人，听说这是个有可能收礼受贿的位子，瓜田李下，赶紧辞了。退休后就更没必要让总算轻松下来的生活复杂化。这几年，老家和客居地偶有几个县市刊物和社团让我兼职"顾问"之类，我都婉言谢绝。我深知自己的影响极为有限，这种空头的名义于邀请方没有任何实质性的益处，于我却多了一份完全可以不存在的牵挂。有副对联我很喜欢："自知性僻难谐俗，且喜身闲不属人"，我没有"难谐俗"的清高，"不属人"的清闲却是真喜欢。

四是水土不服。这其实是我最最担心的。市场经济显示了金钱的伟大力量，最近偶然听到一个新词"政府购买服务"，国内好几个大城市都在用高薪、闹市区的房产"购买"名作家，贵地请作家签约应该也是这"购买"的一种形式。既然签约了那就得"食人之禄，忠人之事"，倘不能如购买方所期望的有所作为——对我来说这几乎是可以肯定的，那就不如事先知难止步。我可能有一点死心眼，相信"一方水土养一方人"，并且认为写作的人就更是这样。离开了自己成长的土地和熟悉的生活圈，连语感也摸不着，何谈写作。继续老家题材，对不住你们的佣金；开拓贵地题材，又找不着北；把人生从头再来一遍，那是神话。当然，才华非凡的作家不受所限，只是我没这本事。

唉，陈某不才，辜负了您的好意，但相信您是理解的。顺寄拙作一册，都是些庸常日子的浅薄杂感，便中请批评，没兴趣弃之可也。

今天是国庆第二天，祝您全家节日快乐！祝贵地文艺事业繁荣发展！

关于社交

这次旅行途中有些话要对你说，一直没有合适的时间。你视我为友，无论如何我都是高兴的，没有人会拒绝别人的善意。但真正的友情应该建立在相互了解的基础上。

　　我第一次见到你，你的外向给我留下了颇深印象。我向来害怕心机城府藏得很深的人。后来为你写评介文章，这是缘故之一。

　　也许出于谢意，也许出于尊重，你再三约饭局，约出游，这些好意我都心领了。在你那一面，这是一种可贵的热情。在今天，这样的热情是越来越难得了。但是，在我这一面，却深觉为难。因为所有这些，都与我的习性不合。虽然别无选择地进了文坛这样的名利场，但我一向拘谨，对官员老板名流敬而远之。我深知自己是吃几碗饭长大的，从不敢以所谓"文化名人"自居，偶尔碍于朋友情面逢场作戏是有的，但绝不敢当真，平时能躲开就尽量躲开，避之唯恐不远。我阅世阅人不敢说太多太深，至少是早没有了非分之想，类似你说的建工作室、参与办学、去给老板剪彩拿红包，等等，你姑妄说之，我也就姑妄听之，只当作是你的一番好意，并不当真。一个人极力要争取本不该得到或别人并不打算给你的东西，那结果只能是自取其辱。这次旅行，我看得出接待方对你的敷衍，很被动很勉强的。这种事挺傻的，下次千万别干了。

　　那天你朋友开车送我回广州，路上闲聊，他问我的手机号。我告诉他后，他为我惋惜，说那个号码限制了我的官运、财运，有些自称朋友的人只是为了利用你，不时还有小人加害，而且大多是你一心一意善待过、帮过他们大忙的人。所以他知道我是个穷书生，不富裕，最好把那号码换掉，等等。我听了，笑笑，说我对我的现状很满足，没有得到的那些是我不该得到的。我认命。命里只有八角米，走遍天下不满升。至于小人加害，也无所谓。一个人如果参透了利害，参透了生死，谁能加害他呢！

我和你的社会行为方式正好处在两个极端：家居生活上，我力求简单，清心寡欲。做家务，写作，是我最大的乐趣。在岗的那些年，除了好友，各类接待的饭局我能不参加的都尽量不参加；社会交往上，朋友不多，仅有的几位都极真诚，从不轻易许诺，一旦许诺就言必信，信必果。这些，与你的交际活跃，朋友满天下完全是两码事。

每个人按自己的性格、自己选择的方式生存，并没有对错、优劣之分，相互懂得、相互尊重就好了。我喜欢实实在在，不喜欢虚里吧唧，并不等于我有多么高尚，我一样有我养家活口的责任，一样重视自己的劳动和心血。比如，我可以无偿给你写那则书评，但如果做书的序言，那你就一定得让出版社给我支付稿酬。他们不是个人，更不是朋友。这是劳资关系。

你当然可以按照你的方式生活，作为长辈，我唯一想奉劝你的是犯不着那么狂放，即便是有意仿效李白，也犯不着。毕竟不是李白那年头了。如果口水诗、打油诗都能让国家级的评家慨叹堪比唐诗，你又何苦要赶上李白呢？在一个高歌"做鬼也幸福"、阿谀邀宠就能上位的时代，李白只能被边缘化。而今实利风行，到处都在讲"文化"，文化已经被"文化"得毫无文化了。许多官员、学者侃侃而谈的"文化"，不过是他们固权位、捞政绩、争名头、赚钞票的合法工具而已。说句你可能不受听的，包括你那些牛气冲天的宗庙三颂跟"文化"也其实没有太大关系，如果有也不过在政治广告的范围，跟李白就更沾不上边了。因为介绍我认识你的朋友我极敬重，又觉得你至少对文学的热衷是真诚的，那则书评说了许多溢美的话，或者说打气的话，你若全当真会很"二"的。相信你不会。

你尊我为前辈，我很感谢。但我在生活中是个非常刻板的人，这一点你可能不了解。你说我是个有脾气的人，大错特错。"有脾气"是要有资格的，我在文坛这个江湖算不得什么角色，没那资格。作为另一个极端，你有你生存的需要，并且根据这需要选择自己的生活方式，我无意否定，但你也应该理解和尊重我的生活原则。下面几条，请你一定记住：

一、我初中毕业下农场谋生，除了儿时借看同学的小人书引起的对故事和文字的兴趣，别无爱好，多年的务农也没机会学习别的手艺，只能折腾最简单方便的笔和纸了。但几十年下来，活儿做得极平庸，对文坛上那些高大上的理论更是缺乏认识，但也就是缺乏认识而已，并不等于什么"非主流"，我压根闹不清理论家们的那些"主流""非主流"是什么意思，也就说不上"是"与"非"的问题。早年有位著名评论家说我的一个小说"主观唯心主义"，我很傻地荣幸了好久。如果你不是有意歪曲我，就请永远不要再在任何公开场合议论我的这种艺术上的无知。

二、在此地文学界，除了我熟知的极少几位实实在在写作的同好，我不想有更多交际，也决不介入任何是非。你那天拉了几个你显然用得着的当地文坛头面人物来，我差一点就不辞而别一走了之，只是出于礼貌才呆到最后。这种事不会有第二次。你有需要你尽可以与任何人交往，但请别拉上我背书。我客居此地，只想安心当我儿子家的全职保姆，凭一点雕虫小技赚一点补贴家用的零钱。过多的应酬实在奉陪不起，家务和爬格子都要时间，每天早上五点半起床，忙到晚上九十点钟，困得不行。偶尔消遣一下可以，多了我吃不消的。加上孤僻惯了，人一多，闹哄哄的就头痛。

三、尤其不要因为我去勉强你的朋友，尤其不要拉我去硬充"名人"，还要建什么"名人工作室"，岂不搞笑吗？你可能觉得是尊重我，但我的尴尬你知道吗？这次去的那个城市你那几位朋友都很热心，但他们并没有相应的权力，你让他们多为难哪！我后来主动写了对那城市的观感，纯粹是为了不白吃白喝人家的。我这辈子最害怕的事情之一就是欠人情。人情大似债啊。虽然人微言轻，不像当地政府高价邀请的大师们那样走一趟题个字就能给一座城市增光，但秀才人情纸半张，总是尽了心意，算是两清了。

说了这些，并没有责怪的意思，只是希望让你了解。

谢谢你关心我内人的健康。她这几天的状况还算平稳，不到十分必要我们不想求人，也不能让你因为我们欠人情。再说，尊夫人要临产了，别为这些小事分心。这个城市我们固然陌生，但我们没有公务，所有的时间都是自己的，足以应付网上挂号和窗口挂号的漫长等待。我们还是愿意相信白衣天使的良知，花了高价挂专家号，对方总不至于一点不负责任吧。

不多啰嗦了，就写到这里。预祝你们添丁大喜！

关于写作

犹豫再三，还是决定给你泼这瓢冷水。之前你告诉我有个中篇会在那个大刊物发表，我很是高兴——客居外地，听到老家的晚辈同行取得好成绩，很是提神。但没有想到我读到之后的看法会这样负面。

　　直接说吧，你这个中篇我很不喜欢，我甚至想建议你不要发表，至少不要在那个有重要影响的刊物上发表。辉煌的舞台可以展示一个天才，也可以毁灭一个尚不成熟的天才。对我们一般的写作者而言，就更要注意尽可能地避免展览自己的不成熟。

　　这稿子最大的问题是设计和编造的痕迹太过明显。小说当然都是设计和编造出来的，但设计和编造的目的却是逼真。好的小说把虚构的故事说得跟真事一样，而蹩脚的小说则把真事说得像虚构的故事。这个中篇里的人物，几个中老年都是夸张到漫画化的道具，几个年轻人则过于理想化，都让人看不到生活的质感。很显然的，你并不熟悉你写出的这些人物，以及他们的生活。或者你有所接触有所了解，却在写作时为了事先确定的目标背离了那些实实在在的可信可感的真实生活的脉息和温度。

　　你在创作谈里说到你要努力让自己由"狭窄"转为"宽阔"，不知道你从哪里学来了"宽阔"这个词。可宽阔还是狭窄是必须转换的吗？对小说的优劣来说，这其实是一个伪命题。"小女人"就一定不如贴胸毛的"大男人"？"小男人"就一定不如咋咋呼呼的"女汉子"？写作的核心价值是你写得是否精彩，是你所创造的人物是否成功，是你揭示的生活本质是否被广泛认同。眼界、胸怀宽和窄的作家都写出过好东西。

美国女诗人狄金森的生活和写作的内容都够狭隘了，但谁能否定她的世界性影响？艺术永远是求异的，绝对排斥标准化。作家个人的成功是写出了可以与别人相区别的特点，表达技术上则是把自己熟悉擅长的叙述方式尽最大的可能发挥到最佳状态。达到小说最高境界的唯一道路永远是经由自己最熟悉的表达自己最想表达的。写作永远只与自己的心灵有关，最强烈的内心感受和最切实的个人经验，永远是写作者最靠得住的靠山。

一个写作者是应该有点偏执的，不受或少受这样那样的"标准"和流行时尚的影响。有个我曾经激赏的作家，乡土小说写得那叫一个扎实精彩，是全国一流水准，后来去高等学府深造文学回来，写"魔幻现实主义"了，却再也没有超过先前影响的作品发表了。让人不禁想起邯郸学步的故事。

你读了很多书，很好，但切忌轻易臧否。不要像现在网上的那帮聪明孩子或者上了岁数的老孩子，说起中国外国的大师和经典来，轻佻刻薄，就像说他们家的臭抹布，谁也不在他们眼里。在这样一个浮躁的时代，你千万别沾上那样的轻狂气。我年轻的时候是吃过这种亏的，现在后悔也晚了。你崇拜托尔斯泰，对卡夫卡不以为然，作为一种阅读感受，这无所谓对错。但作为一种价值判断，就有点轻率了。卡夫卡和托尔斯泰我们都只能仰望。他们的产生有他们产生的时代原因和个人原因。对我们来说，他们是相互无可替代的峰峦，我们这样的常人都只能高山仰止，景行行止。

托尔斯泰是唯一的，他的经验、他的博大，谁也不能复制。这样的大师写作的意义已经超越了文学，远不是我们可以企及的。虽说是取法乎上得乎其中，但我觉得，就你现在的写作来说，不妨关注一下周围的、与你年龄相近的优秀作家。偶然在手机上看到青年作家徐则臣的短篇《花街》，其情绪的内敛，叙述的沉稳，文字的干净，真让我佩服得五体投地。多读读这样的小说，对你生活经验的开掘和写作表现会有直接的好处，毕竟这样的作家就在当下，就在身边。

江西的作家中，我特别看重丁伯刚。并不是说他每篇都好，而是他写得最好的作品所达到的高度我肯定达不到。所以他一有新作我就会想着拜读。他很低调，从不张扬。我在省作协主事的时候与协会商量给他筹款操办研讨会，他说什么也不答应，至今声名杳然。不像有的同行又是寄多卷本文集，又是邀请开纪念会，非要别人捧场。但一个人写了几十年，资质、经历、才情摆在那里，可能有什么作为其实是可以想象得到的。一只麻雀能不能唱出夜莺的歌声，还需要听了才知道吗？这样说并没有贬低的意思，每个人都是有禀赋的，得认。这些年我越写越少了，随时都有可能罢笔，就因为认识到自己最终只能是一只麻雀，不可能成为夜莺。

上面说的这些，当然并不完全符合你的实际，我不过借这个机会表达我对当下文学的一些看法和我自己的某种心情，并没有居高临下的意思。恰恰相反，我从这些叙述中很悲哀地看出了我自己的影子——写作缺乏生活的质感、对大师的生吞活剥或妄加非议、急于发表不成熟的平庸的作品以支撑自己在文坛的存在，等等，是我长期以来一直在努力解决却没能解决的问题。很多年来，我的小说写得一直很烂，很不给自己争面子，只不过因为早年浪得虚名，我发稿比你容易一点罢了。天津的作家肖克凡曾很同情地对我说，你除了早年的《小镇上的将军》，就再没有有影响的东西了。这是同行朋友掏心窝子的真话，我口服心服。在我，这是才情所限，已不可能有所作为了。在你，应该还有突破的可能和上升的空间。你先天的灵气比你父亲和我都强，这是你可以秉持的信心所在。

说了这么多，但愿不要挫伤了你的锐气，因为望之殷，所以语之切，相信你可以理解。总之，你不必操之过急，不必追求数量，尽力把每个作品都敲打得结结实实，一步一个脚印，你一定会写得更好的。

我一向说话直率，作为你父亲的朋友，也自认是你尊重的师长，相信你的理解力和承受力，也就更无所顾忌。我深知你对文学的真诚，不会认为你轻狂，有关的那些话，指的是一般现状，而且一个上了年纪的人对年轻人总难免有偏见，不足为训。读你这个中篇我有一种隐忧，当年读你父亲的小说，我就是这种感觉——饭熟差口气呀：读了很多书，想得也很深入，也许正因为这样，小说叙述少了生活的质感，几乎跟我犯的是一个毛病（我的阅读面比他还窄），20世纪80年代省里给我开第一次研讨会的时候，北京来的评论家就说了这个话，但我一直做不到，我后来知道这是先天的痼疾，不是想改就改得了的。我很担心你重蹈我们的覆辙。但愿这种担心是多余的。

关注底层没有错，注入自己的情感更是一种真诚，但写作还是要有节制，努力做到含而不露，努力接近生活的自然面目，是作品成熟的标志。当然，写作是见智见仁的，我的看法与那个刊物的看法出入那么大，也许是我太苛刻了。供你参考吧。希望看到我喜欢的你的新作。

匆此。

附记：2008年，投靠独子，客居广州。数载以来，虽力求两耳不闻窗外事，却毕竟不在桃源。信札数则，流露些许心迹，借寸土寸金的《文学自由谈》发表，与同侪共勉。

（2015年）

把对写作的热爱保持到生命的终点

——《中华读书报》访谈

问：舒晋瑜

答：陈世旭

一、关于创作经历

1. 能否谈谈您20世纪80年代的写作状态？走上文学道路主要是什么原因？

答：我走上文学道路的主要原因从主观来说有两个，一个是天生的爱好。小学放学我喜欢去街头巷尾的小人书摊，自己没钱租书，就挤在别人身边蹭着看。明清四大名著都是这样没头没尾地略知大概的。高年级之后不好意思蹭，就在放学路上去报刊栏看副刊。1964年初中毕业，家里没钱供我上高中，我自己去了一个农场独立谋生。有个我特崇拜的同校高中生——他那时候写的诗就常被老师抄袭拿去报刊发表赚稿费——曾经借给我普希金、莱蒙托夫、惠特曼的诗集。那三本诗集成为我的文学圣经。农场八年，我一边读它们，一边自己偷偷写诗。在长年累月两头不见光的农事中，在几乎所有知青回城剩下我独享广阔天地的日子，这是我唯一的精神支柱。一直到今天，我一有什么不爽，还是会背诵"假如生活欺骗了你……""在那大海上淡蓝色的云雾里……""我轻松愉快地走上大路……"，等等；另一个是生存的需要。20世纪70年代初，一位菩萨心肠的蹲点领导设法把我安排到县文化站打零工。我死死抓住这根救命稻草。五年后得到一个转正机会，有了城市饭碗，然后讨老婆生孩子。最低一级的工资，入不敷出。看同事时常收到稿费单，不胜羡慕。也开始了夜以继日的爬格子。

2. 是否经历过退稿，可否谈谈具体情况？

答：先天才华和后天修养的缺失，让我的写作从一开始就是无比地艰难。《小镇上的将军》之前我写过十几个短篇，除了一两个在地方报刊发出，大多成了废纸。用差不多一年的时间写的《小镇上的将军》，发表前也先后被两个刊物退稿。

《小镇上的将军》把我卷进当时激荡喧嚣的文学漩流。那些年是文学的好日子，千军万马挤在文学的羊肠小道上。而这恰恰是我在写作上最悲惨的时候。被调回省城专业写作的我一片茫然，一整天一整天地呆坐，好不容易憋出的文字，被一再退稿，偶尔发出一两篇，只能是让人失望。

1980年春，对青年作者怀有莫大热望的著名评论家冯牧在一个座谈会上忽然提到我的名字，说有人告诉他，陈世旭在《小镇上的将军》之后写的作品都不行……这话后来成为我的写作的一种定论，一语成谶。我一辈子都忘不了这句话。也因此始终保持着绝对的清醒。那年我去中国作协第五期文学讲习所学习，开学不久班上有些同学商议集体申请加入中国作协，我一下懵了，简直是天方夜谭。对当时的我来说，"中国作协会员"神圣得就是天上的星星。星期天去《十月》的责编侯琪老师家蹭饭，说起这事，她笑说，当作家这么简单？你没在申请上签名是对的。我的畏惧不是矫情。直到今天，没有让满怀热望的前辈略感欣慰，仍是我最大的遗憾。

1984年《惊涛》发表之前，我对自己的创作几乎绝望。省里的报纸讨论"陈世旭的写作苦闷"，宣传部门的干部撰文：蒋子龙为什么在《乔厂长上任记》之后又写出了《开拓者》？就因为他没有脱离生活。陈世旭为什么写了《小镇上的将军》

之后不能写出"大城市的元帅"？就因为他过早进了城。我很惶惑：专业写作就是"脱离生活"？蒋子龙那时也早不在工厂了。在乡镇的近20年里，我做得最多的梦就是回到省城，回到困苦一生的母亲身边。而现在"脱离生活"的前景将会是什么？今天回想起来，仍不免胆寒。

我私下跟一位办杂志的朋友商量，能不能换个工种，比如找家文学杂志干编辑或勤杂工。朋友说，你以为编辑就好干了吗？你去干勤杂工？不让人家养家活口了？我给说得白眼直翻。真是走投无路。

我知道我不缺乏生活积累，缺乏的是开掘的能力。1985年，我痛下决心，恶补文化，去了一所大学读插班生。跌跌撞撞地硬撑到今天。

3. 《小镇上的将军》《惊涛》《马车》分获1979年、1984年全国优秀短篇小说奖、1987—1988年全国优秀小说奖。能否谈谈您对于短篇小说创作的体会？您如何看待短篇小说？

答：我所以写短篇，是因为没有驾驭长篇的本事——已经出版的几部长篇，其实是中短篇的合集。但就是短篇这样的小制作，我也写得不理想。对任何小说样式我是真不敢说三道四。你提到的几部获奖作品在评论界也都是有异议的：在文讲所，中国作协副主席张抗抗转达过一种的看法，认为《小镇上的将军》获奖不过是政治上讨了好罢了。《惊涛》获奖，让我松了口气，忽然读到著名评论家罗强烈评点那一年获奖短篇的文章，指出给《惊涛》奖是一个失误，作品表现出作者的"主观唯心主义"。我对哲学很无知，但知道这主义很厉害。《马车》是在大学插班时写的，之前约稿的《人民文学》退了稿。再试投，被《十月》采用。不料获了《小说选刊》和《人民日报》文艺部合办的全国小说奖。发奖后的午宴上，我有幸与仰慕已久的评论家曾镇南同桌。一人问他最近在忙什么，他自嘲说：有什么好忙的？总不能去评陈世旭的《马车》吧。我这才晓得，评论界对《马车》还有如此之低的评价。来京时的一点蠢动，瞬间黄粱梦醒。而今，我快写一辈子短篇了，退稿依旧是常事。去年和今年发表的短篇《花·时间》和《欢笑夏侯》都分别是《收获》和《人民文学》的退稿。编辑部不到觉得实在不堪决不会退自己约的稿。虽然可以拿取舍眼光不一来安慰自己，但也说明作品没有达到公认的水准。我把这些记得一清二楚，就是为了警醒自己永远别嘚瑟。所有这一类评价一定程度上对我是一种激励，逼我在写每一个下一部作品时都尽力而为，去争取更多的认可。

从小老师就批评我读书不下苦功，喜欢投机取巧。直到现在也改不了。职业写作之后，有几年武侠小说风行，不光大作家，大教授、大科学家、大主持人都把"成年人的童话"举到文学的至圣位置，声称根本不看别的当代小说。一个认字的人不知"成年人的童话"几乎就没有做华人的资格。在京开会，百无聊赖，当时《十月》的主编著名作家郑万隆好心借我一堆最时兴的武侠名著让我扫盲。我信心满满，以我一夜一本《静静的顿河》的狼吞虎咽，一个星期里取得做华人的资格应该不成问题。没想到不管我怎样咬牙切齿，狠下决心，就是打不起精神，相反起了强烈的生理上的不适，莫名其妙地直反胃。只好赶紧把书合上，放下，奉还，从此再不敢问津。之后几年，又听说许多很高雅很有成就的作家在潜心研究《红楼梦》，他们读《红楼梦》读到许多章节能背出来，并且这是必须的。我窃喜自己写短篇，犯不着那么吃苦。有一次就《红楼梦》是不是真有那么灵请教有"中国短篇王"声誉的刘庆邦，他说《红楼梦》他也至少读了五遍以上。我这才彻底傻眼。难怪我写不好。《红楼梦》我最多看五页，上下眼皮就打架。对我来说，那个大观园太贵族了，看那些红男绿女晃进晃出，完全是雾里看花，一点感觉也没有。回过头还是走捷径。不时把契诃夫、鲁迅、海明威、川端康成、舒克申的短篇经典翻出来复习一遍了事。曾经注意过欧·亨利，觉得他太戏剧化，放下了。以我思想的懒惰，这已经够努力了。

今年7月在银川参加读书节，我推荐的阅读书目是雨果的《九三年》，海明威的《老人与海》，托尔斯泰的《复活》，莎士比亚的《王子复仇记》，以及《鲁迅杂文选》。我很敬佩的宁夏作协主席郭文斌推荐的全是中国古代经典：《千字文》《三字经》《弟子规》《论语》，等等。会下闲谈，言及中国传统文化，郭文斌的认识极有高度，他说历史上凡是反传统的政权都是短命的，推而广之，文学亦如是。我顿觉醍醐灌顶。真是一言惊醒梦中人。我忽然明白，传统太广阔太深厚太强大了。漫长的农业文明孕育的中国文学审美最终都会把任何变异淹没得泥牛入海无消息。像我这样从感染"五四"以后进入中国的欧美苏俄文学开始的写作，不过是舶来品的极其浅薄的山寨版，调性、底蕴、趣味先天就没有根基。前不靠中国传统的谱，后不及先锋新潮的边，真是前不着村后不着店，只能落个斯人独憔悴。但事到如今，后悔已经来不及了。我也毫不后悔，反而轻松了。不就是"短命"吗？还指望万寿无疆？早已认同了鲁迅的"……无论是古是今，是人是鬼，是《三坟》《五典》、百宋千元、天球河图、金人玉佛、祖传丸散、秘制膏丹，全都踏倒他。"就不来回折腾了。

4. 获首届鲁迅文学奖的《镇长之死》，是在什么情况下创作出来的，还记得么？您如何看待鲁迅文学奖？

答：《镇长之死》可以说是对《小镇上的将军》写作的反思的一个结果。希望摆脱之前人物塑造的扁平化。有没有实现这个想法我自己并无把握，所以那次我没去领奖。

我很早就和任何文学评奖、小说排行榜之类隔膜了。一方面是用超然物外来掩盖自己的生性懦弱，不敢争强好胜。另一方面是退休后好像比上班还忙，成天陷在家务琐事（包括写作）里无暇他顾，只偶尔听说网上吵得挺热闹、尤其是奖金高得让人眼红心跳。不过，我仍然以为精神自由是最大的奖赏。脱出三界外、不在五行中，何乐胜乎此耶？

5. 回顾自己的创作经历，您觉得自己的作品可以分为几类？经历了哪些阶段性变化？

答：我的写作有很大的即兴成分，因为胸无大志，所以没有任何规划。又缺乏想象力，写作完全取材于生活经历。我的简历是真正的"简"历：初中毕业，在农场种了8年棉花；在县城做了十年文字匠；回到省城继续做文字匠至今，中间上了两年大学。我的所有作品取材都不出这个范围。

6. 早期的农村题材的作品，和您后来对于知识分子的关注，感觉风格上判若两人。您觉得呢？

答：这可能跟小说语言有关系：写农村题材我尽可能贴近方言，写知识分子我用的是普通话。有时候书面语言多，甚至欧化，有点掉书袋。

7. 2011年出版的长篇《登徒子》生动地刻画了省级作协里一群文人的众生相。这部小说具有一种睿智、敏锐而质朴的洞察力。这是您眼中的文人吗？

答：恕我直言，我对当代中国文人——首先是我本人，整体上评价不高。小说里的那些人物我太熟悉了。李国文老师一连好几年在《文学自由谈》开的月旦中国文人的专栏，讲的是古人故事，画的是今人嘴脸，每读我都忍不住"拍案而起"。

8. 不知道您如何看待《一生之水》？这部相对而言比较通俗的作品，是否不太具有写作难度？

答：谢谢你委婉的批评。这个小说我写得是有些随意。那一段我的家务事很重，每天坐下来，打开电脑敲一阵子，算是一种休息，不知不觉就发现小说可以结束了。其原因是取材太方便了，生活中故事都是现成的，无须劳神编造。传统艺术观完全颠覆，不是艺术高于生活，而是生活高于艺术。官员腐败、文化荼毒、道德沦丧，远超想象，匪夷所思。那些人物的庄严光鲜与卑鄙丑恶集于一身，并行不悖。状写越逼近真实就越显得漫画化。

9. 《一生之水》主人公冯乐作为一个并未完全失去自省精神的知识分子，在欲望的诱惑下总是难以摆脱精神上的困惑与危机。他一方面听从欲望的召唤屡屡背叛感情，另一方面又陷入道德律令充满内疚和自责。这是否也是您希望通过作品要表达的自审精神？

答：说得对，很犀利！删去"精神"，就是"自审"。不必客气。正如任何历史书写都是当代史，任何文学虚构都是内心世界的外化。

10. 《孤独的绝唱——八大山人传》是史上唯一一本书写八大山人的长篇传记。作者在现存不多的关于八大山人的史料记载中，用自己的文学想象和大量相关历史资料，为读者还原了一个有血有肉的八大山人形象，并结合八大山人的性格特征和人生经历对其画作、诗词、书法进行了艺术的鉴赏。这部作品，是一次命题作文吗？

答：作家出版社组织撰写中国历史文化名人传记，我稀里糊涂就答应了下来。因为感觉上八大山人生活的范围离我不远，就从一长串名单里挑了他。这是一个十足冒失鲁莽的决定。我是在那之后，才知道了如下事实：清初对明宗室的迫害，使得八大山人一生隐逸颠沛于民间，无法在官方典籍中得到与之相应的地位。有关八大山人的真相也就大都遗落在那些早已湮没的历史中了。想要还原真相，难度可想而知。但事情已经难以改变了。

得八大山人在天之灵相助，我好歹硬着头皮完成了任务。追寻八大山人八十年的人生历程，敲下最后一个句号的时候，就像插队时背负超过我当年体重一倍以上的货包，颤颤巍巍地走完好几里泥石路，终于可以放下，我长长地吁了口气。京城文史专家的审读意见说"在该书中，看不到任何杜撰，他以严谨的考证，细致的分析，洗练的文笔，渊博的学识，为我们描绘了一位伟大艺术家的真实形象"（程步涛），"该书稿在大的史实方面，没有发现明确的失误之处，书稿中涉及的大量禅宗方面的内容，其介绍基本上是准确的……许多描写和刻画，笔法老到；一些分析和议论，也能做到知人论世，以意逆志，且透露出一种深沉的阅世之感"（党圣元），这些话当然更多的是一种鼓励，但我心里还是很欣慰的。

11．通过写作八大山人，您有怎样的收获？

答：收获挺大的。我等于自学了一次中国绘画史、与八大山人身世相关的明清史以及佛学、书画课程，顺便还涉及了一下西方艺术史。掉了好几斤肉，长了一大堆知识，很值。

12．写传记，因为要依据史实，是否相对于虚构小说来说更有难度？

答：小说需要想象力，想象力的大小决定了作家的优劣。也许就因为想象力有限，我才更有可能沉湎于冬烘先生式翻故纸堆的死磕。有位同行对传记写作很不屑，说那不过是复述别人，没有自己的东西。这样的认识对我这种一般的传记写作是不错的，但不尽然。写得真好的传记作品，诸如我崇拜的茨威格的《三大师》，罗曼·罗兰的《英雄传记》，欧文·斯通的《马背上的水手》，还有林语堂用英语写了又翻译成汉语的《苏东坡传》，许多自视颇高的小说家应该不会小视。

二、关于文学理念

1．80年代中期西学东渐，您是否也受到很大的影响？

答：当然受到影响，而且的确是"很大的影响"，那就是困惑。小说的面貌日新月异，其中一出来就引起一片叫好的文字，我个个都认识，就是不懂得那些字连在一块说的是什么意思，只能干瞪眼。有段时间我什么也写不了。1990年我去省作协主事，接二连三给省里好几位作家开作品研讨会，请了许多京沪评论名家。不是毫无私心，也指望能够从中多少领教一点接近新潮的门道。结果还是丈二和尚摸不着头脑。

2．创作近40年，您的创作理念有过变化吗？

答：基本没有。我奉为写作圭臬的就是两句话：其一，话须通俗方传远，语必关风始动人；其二，写作就是用最畅晓的语言把自己的思想传达给尽可能多的人（大意）。前一句是冯梦龙说的，后一句是托尔斯泰说的。新时期文学有一阵子立异标新，浪潮迭起，我一个圈子也挨不上。不是不想变，是笨，无所适从，干脆置身事外，我行我素。好在中国大，刊物多，东方不亮西方亮。那时我给《十月》写过几句感言，题目就是"感谢我国之大"。

3．进入90年代，文学不再处于黄金时代，文学作品也相对边缘，您有过心理上的落差吗？

答：没有。无论圈里圈外我一直都呆在边缘，形不成落差。有一次参加一家出版社的活动，同车的一位青年作家在向几位女记者顺便说起我的时候，肯定没有恶意地讪笑：他们那个年头，写一两篇东西就混出来了。我当什么也没有听见。不是因为教养，是因为认可。我虽然写了不止"一两篇东西"，但连同行都不知道，等于没写。前年，一个小长篇顺利杀青，颇兴奋，忍不住电邮给一位写作和声誉正在旺盛期的同行，以期分享小确幸。没想到对方的回复是："歇菜吧，怎么写你也不在读者的视野了。"这样的轻视，再二、再缺心眼的人也不可能无动于衷。但我油盐不进，若无其事。有出版社的新手组稿，我每次都告诉他们，我的书没人买的，你们要不怕赔本就拿去，以后别说我没提醒过。否则就趁早罢了，没必要弄得大家辛苦。有一次，中国作协创研部的负责人著名评论家胡平出于同情，提议我在京开一次创作研讨会，做点宣传，我谢绝了他的好意。灰尘扬到天上不还是灰尘吗？这些年，陆续有朋友寄来他们新出版的多卷本文集，我很为他们高兴，愈加看清了我在他们后面掉得有多远，也愈加明白了自己应该老实呆着，千万别有写作以外的非分之想。

其实，只要安心，边缘挺享受的：没人惦记，自由自在，衣食无忧，做自己喜欢的事，夫复何求？

4．您的创作风格经历了怎样的变化？这种变化是有意为之吗？

答：写了这么多年，文字上多少有些变化。也许是上年纪了，少了情趣，对文字有了洁癖。初稿完成，一遍一遍删，删到自己觉得不能再删为止；尽可能不用形容词，觉得花哨的，做作的，坚决清除；能一句说清的绝不说两句，觉得不说读者也明白的就不说，尽量多留白，用潜台词，学八大山人的无笔墨处成画境。

5．作为一名经验丰富的作家，是否不存在写作瓶颈的问题？有没有在创作中经常受到困扰的情况？

答：在同时代的写作者中，我从来没有过"文思泉涌""井喷之势""一发而不可收"之类的高峰体验。总是吃了上顿没下顿，总在找米下锅。在我写作最枯竭的时候，王安忆建议我打破惰性，去感受一些异质性的生活，比如去青藏看看。后来还真得到一个机会，去青海采访20世纪50年代援青的内地人，二十多天的时间里，常常天亮前动身，一整天穿过沙漠、戈壁、荒原，到达目的地已近半夜，那些接受采访的人已经等了一整天。面对一屋子"献了青春献终生，献了终生献子孙"的花白头发，我忍不住泪奔。太多的故事来不及记录，回到江西正好是国庆长假，我就在那些天里一口气写了三万多字的中篇《青藏手记》，随即给了《人民文学》，当时的几位主编王扶、崔道怡他们都很肯定，很快就发到头题。那时我年轻，暗中希望获个中篇奖，让那些奉献者为更多的人们知道，也满足一下自己的虚荣心。但正赶上文坛流行"反崇高""取消意义""零度情感"，这种题材自然是运交华盖。当然，小说本身也许确实不咋地。有位评论家说我的写作像一壶水烧了半天只听见响，就是老也不开。希绪弗斯之役，看来是我的宿命。

6. 您曾经有怎样的文学追求？现在还有吗？

答：很惭愧，我好像从来就没有过任何不切实际的追求。写作对我来说就是一门可以聊补生计的手艺，再多点，就是满足爱好。我从来认定平淡、平庸、平静是最好的生活状态。拙文《平庸的写作和平庸的快乐》被转载多次。儿子小时候我也建议他别背那些高谈理想的名人名言，眼下在学校把每天的功课做好，将来到社会上把自己该做的事做好。与其巴望那些虚幻的美梦，不如踏踏实实尽力把自己做到最好。这样的庸人主义不值得提倡，但我觉得做人做事还是实在些好。

7. 和同时代的作家相比，您认为自己的作品有何独特的价值？

答：我的写作谈不上"价值"。多年来偶尔被人找去"讲座"，我从来说的都是我写作的那些煎熬和挣扎，让一些基层的文学爱好者觉得这样的蠢货也可以被叫做"作家"，多少提振一下他们的信心。如果一定要说有什么价值，我想这就是。

8. 后来您似乎有很多精力也用于散文创作，每年还主编散文选，您如何看待当下的散文创作？

答：我那些"散文"都是给各种笔会交的作业，不费精力，也不足挂齿。中国作协副主席叶辛说那是"口水文章"，有家大报的副刊主编斥为"旅游散文"，不准编发。至于给花城出版社编2016年中国散文选，是一个偶然事件。是第一次，也是最后一次。之前给他们编了十几年的主编因故不编了，原任花城社长的著名作家肖建国兄临时委托我，我却之不恭。但就干这一票。实话说，我对当下的散文创作还真不甚了了，感觉上像诗歌创作一样有个很大的作家群，也有一个很大的读者群，反正比小说繁荣昌盛。这次给花城编年选，算是看到了它的冰山一角。

9. 目前您的创作状态如何？下一步有何计划？

答：从心所欲，没有压力，写作成为一种赏心乐事。还是没有计划，吃萝卜吃一截剥一截，信马由缰，走到哪是哪。

去年以来，我以客居的城市为背景写了几组短篇，或许会持续一段。不久会有一部中篇集出版，收入五个中篇，题材各异。以其中一个中篇的题目《马车》为书名，有给自己打气的意思：驽马十驾，功在不舍。

写到今天，我认定写作完全不必计较功利性的成败，只需要付出最单纯持久的热爱。世界上有两种作家，一种是文学受惠于他们，一种是他们受惠于文学。前一种给文学带来巨大的光荣，使文学成为人类文化中宏伟辉煌的殿堂。后一种则从文学中获得无穷的好处。文学改变了他们的人生际遇，文学是他们不可或缺的人生支柱，是他们的快乐和幸福的源泉，是他们生命存在的一种方式。他们应该对文学感激涕零。契诃夫说，大狗叫，小狗也叫。我属于后者。"我写作着，我生活着，这就够了"，这句话写在我的一个自选集的扉页上，这是一种自我安慰，也是一种人生定位。毕竟幸福并不是拥有一切，而是享受已有的一切。一个别无选择的写作者唯一可靠的便是把这种对写作的热爱，保持到生命的终点。

（2017年）

图书在版编目（CIP）数据

天南地北 / 陈世旭著 . —北京：民主与建设出版
社，2017.10
　（名家散文自选集）
　ISBN 978-7-5139-1733-9

　Ⅰ . ①天… Ⅱ . ①陈… Ⅲ . ①散文集－中国－当代
Ⅳ . ① I267

中国版本图书馆 CIP 数据核字（2017）第 240302 号

天南地北
TIANNAN DIBEI

出 版 人	许久文
总 策 划	李继勇
责任编辑	刘　芳
封面设计	宋双成
出版发行	民主与建设出版社有限责任公司
电　　话	（010）59417747　59419778
社　　址	北京市海淀区西三环中路 10 号望海楼 E 座 7 层
邮　　编	100142
印　　刷	三河市腾飞印务有限公司
版　　次	2017 年 10 月第 1 版　2017 年 11 月第 2 次印刷
开　　本	787mm×960mm　1/16
印　　张	20 印张
字　　数	173 千字
书　　号	ISBN 978-7-5139-1733-9
定　　价	39.80 元

注：如有印、装质量问题，请与出版社联系。